ライオン獣人の溺愛婿入り事情

リス獣人ですが、怖いライオンに求婚されました

百門一新

I S S H I N　M O M O K A D O

一迅社文庫アイリス

CONTENTS

序章　メル・マロンの婿取り　8

一章　大変なことになりました　19

二章　頑張るしかありません……恋って大変ですね　67

三章　まさかの遠出と出張仕事です　145

四章　帰還しましたが落ち着きません　203

五章　お仕事もクライマックスです　239

終章　メル・マロンの結末　304

あとがき　315

ライオン獣人の溺愛婿入り事情

リス獣人ですが、怖いライオンに求婚されました

characters profile

ベルナルド・ディーイーグル	ディーイーグル伯爵家の当主。鷲獣人。
ルーガー	ルーガー伯爵家の当主。カンガルーの獣人。
ジーク・ビルスネイク	大蛇の獣人の一族、ビルスネイク公爵家の当主。王宮騎士を統括する総督。
アーサー・ベアウルフ	ベアウルフ侯爵家の当主で軍部総帥。狼の最強獣人。
エリザベス・キャズワイド	猫科の獣人の上位に位置するキャズワイド公爵家の令嬢。
ライル・ユーニクス	ユーニクス伯爵家の次男で、近衛騎士隊の副隊長。聖獣種ユニコーンの馬科獣人。
エマ・ユーニクス	ライルの妻。人族の女性で、国内でも珍しい魔法薬の原料生産師。
オリアナ・イリヤス	イリヤス王国の王女。隣国の王子との婚姻が決まった。
エミール・エデル	イリヤス王国の隣国であるエデル王国の第二王子。

・・・　用語　・・・

獣人	戦乱時代には最大戦力として貢献した種族。 人族と共存して暮らしている。祖先は獣神と言われ、人族と結婚しても獣人族の子供が生まれるくらい血が濃く強い。家系によってルーツは様々。
仮婚約者	人族でいうところの婚約者候補のこと。 獣人に《婚約痣》をつけられることによって成立。 獣人は同性でも結婚可能で、一途に相手を愛する。
求婚痣	獣人が求婚者につける求婚の印。 種族や一族によってその印は異なる。 求婚痣は二年から三年未満で消える。

イラストレーション◆春が野かおる

ライオン獣人の溺愛婿入り事情

リス獣人ですが、怖いライオンに求婚されました

LION JYUJIN NO DEKIAI MUKOIRI JIJYOU

序章　メル・マロンの婿取り

――イリヤス王国の首都、マロン子爵別邸。

別邸とはいえ、一般的な貴族屋敷のように立派ではない。玄関から数歩先に小さな郵便ポスト、細い花壇が置かれているだけの、三人暮らしに十分な二階建てだ。

マロン子爵家は、年の大半を自分達の領地で暮らしている獣人貴族だ。

別邸も、社交シーズンの間、少しだけ滞在する別荘のような扱いだった。王都の一般住宅街にひっそりと、そして玄関には『営業お断り』と貼ってある。

だが、先日から珍しく他人の出入りがあった。

「変化後の療養も良いようです。すっかり終えられたようですね。本日成人した旨は、診断書と共に確かに提出しておきましょう」

「先生、ありがとうございます」

「いえいえ。お嬢様のこと、本当におめでとうございます」

それではと帽子を被り、医者は弧を描く獣目を柔和に細めた。答えた夫のそばからマロン子爵夫人が動き出し、彼を玄関まで送り届ける。

木の色が目に優しいリビングの食卓には、一人娘のメル・マロンが座っていた。

優しい線を描くシナモン色の長い髪。くりくりとした大きな目は、一族特有の両親と同じ黒色だ。華奢な子なので、十八歳になってもまだまだ子供みたいに見える。

妻に見送りを任せて早々、父のマロン子爵が娘のもとへ急いで戻った。背丈の低い丸い身体を揺らして駆け寄り、椅子の前で膝をつく。

「メル、体調は本当に大丈夫かい？　何か、違和感は？」

椅子に座る娘の手を、甲斐甲斐しく包み込む。

優しさと心配のこもった声だ。父を見たメルの黒い目が、少しだけ濡れる。

「いえ、ないです。お父様、ありがとうございます。そしてお母様も、ありがとう」

ずっと親身になって看病し、心配して見守っていてくれていた家族に心を込めて答えた。すぐに戻ってきた母も、ようやく安心した様子でその黒い目を潤ませた。

昨日、メルは無事に成長変化を終えた。

獣人族は、生まれた時にはルーツになった獣の特徴が身体にある。獣の耳、尻尾……血の濃さや種族によって様々だが、それが人化して大人を迎える。

つい先日までリス科の耳があったから、メルも頭の上が少し寂しく感じた。

でも、今はそんなことに気を取られている場合ではない。

「今日付けで、獣人族の成人登録がされた、んですね」

緊張して言葉が引っ掛かってしまった。

獣人族の女性は、成長変化を終えれば結婚期だ。

このマロン子爵家に〝嫁いできてくれる婚約者〟を探す時がきたのだ。メルは大人になるのを待ち遠しく思い、そしていつか結婚しなくてはという緊張も持っていた。

「メル、すぐでなくともいいんだよ」

父のマロン子爵が、見兼ねて言葉をかけた。

「教育のために色々と言い聞かせてきたが、父も、母もまだしばらくは健康だろうから――」

「きちんとお婿さんを探します」

メルは、ぷるぷると小さく顔を左右に振って、愛らしい声でしっかり意思表示した。

マロン子爵家には、子は彼女しかいなかった。

小さな獣人貴族の一族だが、任されている農村地の領民達を思えば血は絶やせない。家のためにも、メルはお婿さんを探さなければならないのだ。

結婚――理解はしているが、怖い。

まだしたことのない、恋、という存在が未知だ。

お見合いで相手を募ったとしたら、誰（だれ）か来てくれるのか。結婚できたとしても、そこから愛を育てていけるのか？

「わ、私、頑張りますねっ」

そんな自分の迷いを振り払うように立ち上がる。

「メル、どこへ行こうというのですか？」

マロン子爵夫人が、心配のあまり咄嗟に娘の腕を掴んで引き留めた。

「お母様、まずはお婿さん候補を募集したいと思います。そのための貼り紙も、実は作って用意していたんですよ。ですから部屋から取ってきます」

メルは、十八歳を迎えた日には両親に覚悟を伝えていた。

そろそろ成長変化が来るだろう。その時には、家のためにきちんと婿を探す。そして父や母を安心させて、自分達が今度は領地の経営をしていくのだ――と。

どうにか浮かべている娘の笑みを見て、マロン子爵が胸を詰まらせた。

「ああ、メル。その覚悟、父もしかと受け取ったぞっ。まずは貼り紙作戦か、ならばこの父も協力しよう！」

「あなた。そもそも貼り紙がおかしいということに気付いて――」

「お父様ありがとうっ。釘は余っていますか？」

「まぁ、メル。あなた、壁に打ち付ける気なのですか？」

母はとても心配になったようだ。頬に片手をあてて、よく似たくりくりとした黒い目で夫と娘を交互に見る。

「お医者様も、しばらくすれば薬も効いて運動もできると言っていました。玄関に貼り紙をしたら、あとで婦人会にも『婿入り募集』の宣伝にご協力頂こうかと思っています」

「そっ、そんなところに出掛けるまでなのか！」

「ああメルッ、それなら母も応援しなければなりませんね！」

震え上がった両親が、感涙をこらえた表情を浮かべた。メルの足も、外出する旨を伝えただけで、今にも逃げ出しそうになって震えている。

別邸の玄関に堂々『営業お断り』と貼り紙をする風変わりな獣人貴族、マロン一族は、実はとても臆病な種族だった。

だからメルの『お婿さんを募集する』というのは、とてつもなく勇気がいる決断だったのだ。

マロン子爵家存続のためには、外から婿を取るしかない。

けれど婿入りしてくれる人が見付かること自体、そもそも高望みだ。家の立場は弱い。メルも美人ではない――だから貴族に限定しない婿探しを検討していた。

求める婿候補は、理解のある人族、もしくは同じ草食系の穏やかな気質の種族だ。

「それでも頑張ります。私は本日っ、すぐにでもお婿さん候補を募集します！」

あとには引けないと宣言を放った時だった。

――コンコン。

「ぴぎゃっ」

不意に、返事でもするみたいに玄関からノック音が上がって、メルと両親は揃って飛び上がった。誰かが訪れる予定は、もうないはずだった。

おそるおそる玄関の扉の方を見た。

すると視線の先でドアノブが回って、メル達は驚きでピキーンッと固まった。

「すみません、失礼します」

扉が開けられ、躊躇いもなく軍服の美男子が入ってきた。

さっき医者を見送った際、メルが心配で母は鍵をかけ忘れていたらしい。

柔らかな印象がある黄褐色の髪、陽気な気質が窺える美しい金茶色の獣目。柔和で端整な顔立ちをしていて、軍服姿なのに歩いてくる姿には優雅さもある。

「は……、え？」

軍人に知り合いはいない。しかし堂々とした足取りで向かってくるので、メル達は不法侵入者を揃ってポカンと眺めてしまっていた。

不意に、メルとその美しい男と目が合った。

その瞬間、にこっと笑いかけられてドキッとした。ひどい緊張状態だったので、不審者に対してのものなのか美男子に対してなのか、分からない。

「こんにちは。そちらはマロン子爵と子爵夫人ですよね？　初めまして」

すたすた向かってくる彼が、挨拶をしながら右手を上げた。

近付かれるごとに、マロン一家は蛇に睨まれた蛙のごとく動けなくなっていくのを感じていた。恐らく彼は肉食獣種だ、本能がゾワッとする。

「俺がぜひ、立候補したいです」

「え……？」

突然のことで、一体何に対して言われたのか理解できなかった。

すると、メルの心境なんてお見通しだとでも言わんばかりに、その青年がやけに優しく微笑んで教えてくれる。

「だから、君の『お婿さん候補』に」

私の『お婿さん候補』に、立候補？

両親に婚姻活動のことを話し出したのも、ついさっきだ。宣言をした直後の訪問をメルが怖々と思っている間にも、彼はどんどん向かってくる。

「俺はジェイク・ライオネル、ライオネル伯爵家の四男です。年齢は、二十五歳で七つしか離れていません。仮婚約者は一人もいないし、実家の跡取りではないからすぐにでも喜んで婿入りします。だから、悪い話じゃないと思うんです」

にっこりと笑えば、まるで猫みたいに愛想がいい。

だが、突然家に上がってきた状況に全く気は許せない。そのうえ、笑顔なのに隙が見えない彼の正体を知ってメル達は驚愕した。

――ライオネル家って、ライオンの獣人種族！

それはメル達にとって、天敵の〝猫科〟のトップに位置する種族だった。マロン家は、穴蔵リス種の獣人族で、天敵種に対してはもっとも臆病な一族だった。

もちろん、迎える婿に、肉食種は想定していない。

まさか、飛び込んできたのがライオン獣人だったなんて……そう考えた時だった。いきなり正面から抱き上げられて、視界が高くなった。

「うっきゃあああああ!?」

メルは悲鳴を上げた。目の前には、愛想たっぷりな美しいジェイクの顔がある。その近さにも心臓がバクバクいっていた。

「な、なっ、いきなり何をするんですか!?」

見つめ合った途端、彼の金茶色の獣目が嬉しそうに笑った。

「どう？　俺、婿としては最高のオスだと思うんだ」

「お、オスって」

「まずは手始めに試してみる？　きっと俺のこと、気に入るよ。君は俺の〝運命の恋の相手〟だもの。相性だって最高だよ」

どんどん言ってこられて、頭の中は疑問符でいっぱいになった。

いきなりの混乱続きで考える余裕はない。可愛いなぁと目の前でジェイクが微笑んでいるけれど、ひとまず無視だ。両親が互いを抱き締め、今にも失神しそうになっているのが視界の隅に見えてもいた。

「えっと、あの、試すって、何がですか？」

必死に考え、どうにか気になったところを尋ねた。

「俺、ベッドテクニックには自信あるよ」

――その瞬間、メルは男女のソレだと察した。

それは、未婚の令嬢に『試してみる？』と気軽に言える内容ではない。

「お、下ろしてえええぇっ！　今すぐ下ろしてくださあああああい！」

やっぱり危ない人だった！　不法侵入のうえ、食べられるっ！

メルは、もう必死になって逃げようとした。でも「ははは」と爽（さわ）やかに笑う彼の腕は、びくともしない。

「慌てている姿も可愛いな～」

言いながら、感極まった様子で彼に頭でぐりぐりされた。

なんだか懐っこい大型の猫みたいだ。いや、ライオンの獣人なので間違っていないのだけれど……でも、じゃれるにしては触り方が少しあやしい気がする。

めいっぱい抱きつかれて持ち上げられている状態のメルは、自分の胸のあたりにある彼の頭を見下ろしたところで、ふと軍服へ目が向いた。

「そういえば、この軍服って……あなたは、王都警備部隊の人なんですか？」

「あ、俺に興味を持ってくれたの？　嬉しいな」

美しい獣目が、メルを映し出して優しく笑った。

「え、それは、違――」

「君の言う通り、俺は王都警備部隊に所属しているよ。夫としてきちんと毎晩、精力的に相手ができるよう鍛えているから安心してね」

今、ものすごく安心できないことを言われた気がする。

メルは、無垢な輝きを目に宿した美男子を、怖々と見つめた。

「……えぇとすみません、それは一体どういうことでしょうか？」

「君が望むだけ〝いつでも〟〝何度でも〟愛し合えるよ」

――懐っこい騎士だと思ったら、とんだ野獣だった。

普通、求愛は『仮婚約しませんか』と伺って、手の甲などを小さく噛んで求婚痣を贈って……のはずなのに、初っ端から堂々とベッド・インをアピールされている。

大変危険である。そもそも場所と時間を問わず〝何度でもする〟とか怖すぎる。

「メル・マロン。どうか俺を、君のお婿さんに選んで」

ジェイクがそう言って、衣装越しにメルの胸の上にキスを落とした。

そこに『ふにゅっ』と感じた瞬間、メルは叫んだ。

「おっ、お断りします！」

ありったけの勇気を振り絞って逃れると、涙目で必死に彼を追い返した。

一章　大変なことになりました

イリヤス王国には、大昔から人族と獣人族の暮らしがあった。

遥（はる）か昔、現在の王都がある場所から、獣人族は始まったといわれている。祖先が神獣とも言われており、異種婚でも血が強い方の子が生まれた。

人族より高い身体（しんたい）能力に恵まれ、子供の時は耳や尻尾（しっぽ）といった獣の外的特徴がある。〝成長変化〟し大人（おとな）になると、獣目と獣歯だけが残った。

十八歳のマロン子爵家の一人娘、メル・マロンも獣人族として成人を迎えた。めでたくも成長変化後の療養も無事に終了――となったのだが、その日、まさかの婿入りの立候補が現れる騒ぎがあった。

そんな昨日の唐突なできごとの後、獣人族きっての臆病（おくびょう）な一族は、一家全員、寝込んだ。

「……おはよう、メル。眠れたかい？」

「…………いえ。なんか、悪夢を見た気がします」

その翌日、よろよろと朝食を食べ進めているマロン子爵が、ようやく第一声を出した。

「……わたくしも、天敵にぱくりとされる夢を見ましたわ」

食卓に集まったマロン一族は、とても重たい空気に包まれていた。マロン子爵は答えた妻を見て「可哀そうに」と肩を抱き寄せる。

それもこれも、原因は昨日〝見知らぬ肉食種に突撃訪問されたから〟である。

マロン家は、穴蔵リスと呼ばれている、小さなリス科の種族だ。獣人族の中で、もっとも性格も臆病であるのが知られていた。

「さて。家族会議をしよう」

朝食後、マロン子爵が食卓で重々しく切り出した。

寝込んだ一晩、三人は昨日の件を考えた。……起こったできごとを整理するまでに、それだけ時間が必要だっただけなのだけれど。

まずは家長からどうぞと、マロン子爵夫人がよくない顔色で促す。

「正直、私は……怖くない婿が欲しい」

組んだ手に口をあてていたマロン子爵が、深刻顔で切実な本音を口にした。

妻は、子の結婚に関しては口を挟まない意向らしい。夫の視線に対して小さく首を横に振ると、口を閉じたまま娘へと視線を移動する。

そこにいたメルは、父と同じ姿勢で声を絞り出した。

「呼びたいのは、ああいうのじゃないです……」

婚姻活動をしようと思っていたのは確かだ。でも、成長変化が終わった直後、想定外にもライオン獣人、ジェイク・ライオネルが飛び込んできた。

マロン子爵家は、獣人貴族としては弱小だ。結婚の条件は〝婿入り〟なので、相手を募ったところで、人族貴族からでさえ立候補は厳しいだろう。

そのおかげで権力や家柄だけを求める者は除外できる、とも考えていた。

メル達は、領民達の笑顔と暮らしを守って、共に幸せに暮らせればそれで良かった。お互いが家族として、手を取ってやっていけるのなら、それでいい。

だから婿も庶民まで想定していた――のに、まさかの伯爵家の四男が立候補してきた。

「父様、どう思いますか」

メルは、今回の件について改めて父に尋ねた。

母が、質問した彼女から夫へ視線を移す。マロン子爵は娘と全く同じ姿勢で、この世の終わりみたいな顔でじーっと食卓を見つめている。

「怖くない婿が欲しい……」

再び、父が言葉を繰り返した。

室内に重い沈黙が落ちた。チクタクと、時計の秒針が進んでいく音がしている。

「こうなったら私、どうにかして仮婚約をしないで済む方法を相談してみます！」

唐突にメルは立ち上がった。

父が驚いて「うおっ」と丸い肩を揺らした。母が黒い目を見開いているそばで、彼はぎこちない動きで我が娘を振り返った。

「そ、相談？　誰に？」

「王都には、獣人族向けの婚姻相談所があるではないですか」

それは成人した獣人族の、婚姻から個々の相談事まで幅広く受けているところだった。

種族によって出る〝特殊な悩み〟も、守秘義務のもとで相談を受けてくれる。

「私、そこまで行く道のりは〝もうちゃんと調べてある〟んです」

だから、初めてだけどきっと辿(たど)り着けるだろう。

「この求愛の問題を、解決してきます」

メルは決意した顔で両親にそう約束すると、震えそうになる足を前へ進めて家を出た。

◆

目指すは婚姻相談所だ。

メルは緊張にドクドクしながら、人の多い通りを足早に歩いた。成長変化を迎えたら〝詳しい診断〟を兼ねて、そこには行こうと当初から思っていた。

――メルの一族には、発情期熱、というものがあったから。

「確か、あの大きな会社のビルが目印で、次は、右ですね」

思い出したら、胸が余計にドクドクして声を出さずにはいられなくなった。一人で抱えているその不安が、とても怖い。

発情期熱は、獣人族の一部の種族にあるものだ。成人から、結婚適齢期いっぱいまであるものだという。

でも弱い種族だから、余計に不安になるのだ。

本来、穴蔵リスは、その間は伴侶が守ってくれるものだった。でもメルは一人だ。

だからこうして、より不安感に襲われてしまうのだろう。

『メル、大切なことなのでよく覚えておいて。ここに書かれている症状が、発情期熱で起こる身体の症状です。始まったら、辛い間は部屋で絶対安静ですからね』

教育が本格化してから、母はよくメルに言い聞かせた。

『もしお外にいたり、お仕事をしていたりしたら？』

『他人がいるとより辛くなりますから、人のいる場所から速やかに離れて、帰宅なさい。発情期熱の場合は、獣人法でお休みを頂けることになっていますから、大丈夫。私も外へ行くのがとても怖かったわ、でも、お薬もきちんとありますからね――』

ついこの間までは、説明を聞いても全然ピンとこなかった。

だが成長変化後、唐突にメルは理解した。自分達のような発情期熱を持つ種族は、伴侶がいない場合〝だから、より外を怖がるのか〟と悟った。

いつ来るのだろう？　いつから始まってしまうのか？

これまで、結婚するパートナーを得ることに憧れを抱いたことはなかった。けれど成長変化を終えて感じるようになったのは、子供の頃にはなかった〝寂しさ〟だ。

支え合ってくれる人がいない心細さ。

獣人族は恋する種族、というのはよく言い表した言葉だと思う。メルが成長変化後に覚えたのは、夫婦となる片割れのいない寂しさのような不安感で――。

「そんな不安そうな顔をしなくとも、俺がいるよ」

不意に、横から大きな温もりに包み込まれて、メルの足が止まった。

遠く向こうに、ようやく婚姻相談所の看板が見えたところだった。胸を締め付けていた苦しさが、抱き締められた感触に消えてしまう。

「へ……？」

ぽかんとした次の瞬間、メルは背後から抱き締められている状況を理解した。たくましい温かい腕、袖は覚えのある王都警備部隊の軍服で――。

「〜〜〜〜〜っ!?」

状況に度肝を抜かれ、悲鳴も喉元に詰まった。

勢いよく確認すると、すぐ後ろにあったジェイクの美しい顔が、にこっとする。

「君と目が合って、嬉しいよ」

彼の、そのあまりの感想にも驚愕する。

「私はとてもびっくりしましたよ――っ!?」

なんですかっ、そのポジティブな一声は!?

乙女を横から足止めするみたいに抱き締めておいて、後ろめたさ一つもないとは、どういうことか。信じられない人である。

「そ、そもそも、なんであなたがここに……!?」

メルは捕獲されている状況に、ガッタガタ激しく震えた。少し前まで足取りも危うかった彼女の肩は、今やしっかりと力が入っている。

ジェイクは愛らしいと言わんばかりに、金茶色の獣目を穏やかに細めた。

「俺は、マロン一族の君が抱えている不安だって、知っているからね。もしかしたら相談に向かうために、いつかここを通るかなって」

まずはあなたのことを、どうにかしてもらおうと思って相談に来たんです……。

とはいえ、それを相談する予定だったのも確かだ。両親とでさえ話すのが難しい話題を、異性から言われて顔から火が出そうになる。

メルが熱くなった顔を咄嗟に伏せると、穏やかな声が降ってきた。

「恥ずかしくなることなんかじゃないよ」

思考でも読まれたみたいなタイミングで、ドキリとする。

何が、と言わないでくれていたのは、人通りであることを配慮してだろう。

「だ、だって、繊細な問題じゃないですか」

だから、みんなそれをなかなか口にしないのだ。

人族には分からない。そのため、獣人族だけが担当している相談所が、王都にひっそりと設けられているのだ。

「顕著に出るというだけで、人族にも誰にでもあることだよ」

「で、でも」

その時、彼が唇をメルの耳元へ寄せてきた。

「もしかして、もう兆候でも来た？」

こそっと確認されたメルは、耳にかかった温かい吐息にかぁっと赤面した。

「きっ、来てないです！」

触れられている恥ずかしさが爆発し、はたくように強く腕を振り払った。

そんなことを尋ねるなんて、なんてデリカシーのない人なのか。そう涙目をつり上げて振り返ったメルは、ハッとして怒りもしぼんだ。

はたかれた腕を押さえているジェイクは、眉を下げてこちらを見ていた。

「本当に兆候は来ていない？　大丈夫？」

獣人族の力でやや乱暴に振り払ったというのに、彼は、メルの方こそどこか痛いんじゃないかと言わんばかりに心配して覗き込んでくる。

「兆候が来て困っている君の、俺は邪魔になったりしていない？」

この道を通ることは予期していたようだが、待ち伏せするにしても、本気で困っていたのなら止めないつもりだったようだ。

彼の目と表情に、メルは悪いことをしたような罪悪感に襲われた。

突然押し掛けてきて、平気で婿入りを立候補してきたくせに……変な男性だ。

「ない、です。本当に、全然兆候もないのです」

ふるふると、小さく首を左右に振って答えた。

「ごめんなさい。その……腕を、ぺちっと払ってしまって」

「ううん。俺も同じ獣人族だし、その中でも強い方だから、痛くも痒くもないよ」

恐らくこれが人族の男性だったのなら、打ち身程度にはなっただろう。その自覚はあったから、メルは心配になった。

「でも、私結構強めに――あ」

にこにこしているジェイクを見て、ハタと思い出した。そういえばライオネル家は、ライオン種の中でも、誰もが知るトップの一族名だ。

獣人族は、人族に比べると驚くほど身体が頑丈だ。

弱小種のメルなんて想像が付かないほど、肉食種でも上位クラスのジェイクは、強い身体をしているのだろう。

「それに、俺の方も悪かったからいいんだ。君にとって、ソレがまだ恥ずかしい話題だという配慮に欠けていたよ。ごめんね」

……ん？　まだ？

しゅんとしていた雰囲気も消し飛び、メルはおそるおそるジェイクへ目を戻した。見上げられた彼が、嬉しさを滲ませて微笑む。

「大丈夫。俺がいるからね」

「何が『大丈夫』なんですか!?」

想像したくない。彼が〝ナニ〟を思って、そう告げたのか。

きらきらとしたジェイクの笑顔を目にした瞬間、メルは昨日のベッド・イン発言から反射的に逃げ出した。

人通りの多い王都の街道を猛ダッシュする。しかし全力疾走なのに、獣人族の嗅覚が後ろから付かず離れず追ってくるジェイクの〝匂い〟を教えてくる。

肉食獣の本気の追走を思うと――恐ろしくて振り返れない。

「というかあの人、お仕事どうしたのですか!?」

うわあああやだ怖い！　という思いから、つい叫んだ。

「あっ、王都警備部隊だから、もしかしたら巡回だったとかそういう……？」

それならそれで、お仕事に集中して欲しい。

どうしよう、メルは半泣きになった。婚姻相談所の方には戻れない。でも他の支店はチェックしてないのであそこしか分からない。

ジェイクの求愛をどうにかしたい。一体どうしたら——そう思った時、大柄な男性の後ろ姿が目に飛び込んできた。慌てて速度を落としたが、間に合わなかった。

「ふぎゃっ」

次の瞬間、大きなその背にぶつかった。

押し倒すどころか、衝突したメルの方が弾かれてひっくり返りそうになった。気付いた相手が「おっと」と、メルの手を優しく取って支えてくれた。

「大丈夫かね、お嬢さん？」

「ご、ごごごめんなさいっ、ほんと申し訳ありませ、ん、でした……」

打った鼻を押さえながら、自分を見下ろす大きな中年紳士を見たところで、メルは急速に背が冷えた。

それは、すごく厚い胸板をしたダンディーな中年紳士だった。

金の装飾もされたお洒落な外套。首元から覗く服も品がいい。凛々しい顔立ちは精悍だが、やはり一番印象的なのは、切れ長の濃い琥珀色の獣目だ。

「鷲——っ⁉」

メルは本能で察知して飛び上がった。

怖い、大きい、捕食者……そんなことが頭の中を忙しく過ぎっていった直後、条件反射でくるっと回れ右をした。

だが、たくましい手にガシリと肩を捕まえられた。

「おやおや珍しい。こんなところでマロン子爵家の者に会えるとは、なんと稀なことか」

「いぃやあぁあぁ！」

メルはぶわっと涙目で、首をぶんぶん必死に振った。

「こらこら、君ら一族の悪いところは、その穴蔵リス特有の臆病っぷりだぞ。だから事業も大きくならんのだ」

胸板の厚い中年紳士が、ははははとダンディーな笑い声を響かせた。

「なんで楽しそうに言うんですか⁉」

「私かね？　ふふふ、そりゃあ当然、怯える者の反応が楽しいからだよ」

気のせいでなければ、語尾に恐ろしい星マークが見えた。

大変危険だ。メルは即、本気の逃走に入った。しかし中年紳士が、彼女の後ろ襟首を掴んで持ち上げてしまう。

「淑女を持ち上げるだなんてひどい紳士様です鷲怖いうわあああぁあぁ！」

「ははは、本音が色々と全部だだ漏れだね！　実に面白い」

よく通るダンディーな声で、彼が肩を揺らして笑った。周りの通行人から向けられる視線もなんのそので、メルを自分の方へと向ける。

「まぁまぁ、落ち着きなさい。私はあやしい者ではない。そこの大きな会社を経営している、ディーイーグル伯爵という」

「はく、しゃく様？」

「そうそう。最近婚約した大きな子供だっているし、良き美しい妻だっている」

ディーイーグル伯爵は、信じさせるようににーっこりと笑った。

獣人貴族、ディーイーグル伯爵家の名は、メルも知っている。鷲伯爵と呼ばれている強い獣人一族で、一人息子が成人前〝完全な翼持ち〟だったのが話題だった。

「困っているようだから、いいところを紹介してあげようと思ってね」

ダンディーな彼が、追ってにこにことした顔で言ってきた。

「い、いいところ……？」

メルは戸惑った。ちゃんとした人であることを考えて、おずおずと尋ねてみる。

「あなた様は、もしや私の悩みがなんであるのか、ご存知なのですか？」

「ふふふ、実は私は、君の父を知っていてね。私が事業に誘っても首を縦に振ってくれず、私の顔を見ては『鷲――っ！』と言って逃げ回るような、面白い男だった」

思い出しても愉快であると、ディーイーグル伯爵がうんうん頷く。

「……父様」

メルは、家族の中で一番臆病な父を思った。

父のマロン子爵は、領地からの生産物を納めることをメイン事業としている。それは代々続いていることで、小さい領地で領民達と仲良くやっていた。

「婚期をだいぶ過ぎた頃、ほぼ同種族の優しい女性と結婚したと聞いたよ」

ディーイーグル伯爵が、思い返しながら言った。

「だから君も、当時の彼と同じく、結婚関係の悩みを相談したくて家の外を歩いていたのかな――と思っていたんだが、どうやら君の場合は少し事情が違うようだ」

ニヤニヤと顎をなぞった彼が、不意にメルへ目を戻した。

「それにほら、あそこに君を狙う〝猫〟が」

「へ？　猫？」

ディーイーグル伯爵が、見てご覧と指を差した。その先を追うと、走って向かってくるジェイクが嬉しそうに笑って応えた。

――接触まで、あと数秒の距離だ。

「ひぃえええええっ」

メルは目を剥いて震え上がった。

ディーイーグル伯爵が、残っていた手で腹を押さえて大笑いした。

「はははは！　なるほど。君は成人して早速いい人が現れたもんで、逃げているわけだな？

ははぁ、相手は天敵種な猫科とあって、パニックになっているわけだ」

彼が何やら言っているが、話なんぞ聞く余裕はない。

向こうから走ってくるジェイクが、不意に身を低くした。まさかと思った直後、人々の間を風のように猛スピードで駆け抜けて目の前まで来た。

「こっ、こわっ、速……！」

狩りの瞬間を見たようだった――と、メルはあとで父に報告しようと思った。

ジェイクが、軍服の襟元を整え直しつつディーイーグル伯爵を見た。じっと窺う獣目は、冷やかだった。

「あなた、確か鷲伯爵様ですよね？」

彼はそう言うと、ディーイーグル伯爵に手を差し出した。

「失礼ですが、その子を返してもらえますか？　俺のなんです」

「まだあなたのじゃないですよ――っ!?」

「ぶわっはははははは！　いいねぇ若いねぇ！」

ダンディーな大柄紳士が、ドン引きするレベルのひっどい笑いを放った。

「しかし、答えは『だめ』だ。今私が放したら、彼女が穴蔵リスの俊敏さで逃げてしまうかもしれないからね。そうしたら、君だって困るだろう？」

促され、ジェイクが少し考える。

「それは、――困りますね」

思案を終えた彼が、黄褐色の髪を揺らして目を戻した。

「俺は次の仕事のスケジュールまでもう少し時間があるので、彼女と交流を深めて、婿入り候補に存在感をめり込ませたいです」

「『めり込ませる』ってなんですか!? もう言い方からして怖いです!」

その時、ディーイーグル伯爵にずいっと覗き込まれ、メルは「ひぇ」と首を竦めた。

「ふむふむ。やはり君は、いいね」

「お、おっ、お顔が近いですっ。一体何を改めて観察しているのですかっ」

「まぁ強面だとは昔からよく言われる。害意はないから、気にするな」

ディーイーグル伯爵が、しげしげと眺めたのちに口角を引き上げた。

「でも君のものは、本来生物が持つ恐怖心とは、別だろう。大鷲の私を前にしても、こうして普通に会話ができる。そして希有な〝万人と相性が合う者〟、と」

ふむふむと一人納得した彼が、顔を離していく。

「うむ、実に興味深い」

そう深く頷かれても、メルは何を言われているのかよく分からない。

するとディーイーグル伯爵が、不意にイイ笑顔を向けてきた。メルを目線の高さまで持ち上げると、営業慣れした人のいい顔で続ける。

「君にとって、いい提案をしようと思っているのは本当だよ。お仕事のね」

「お仕事……？　私に、ですか？」

「君は父親と違って、婚姻活動と真面目に向き合おうとしている。だが成長変化直後だ。一生懸命に頑張ろうと思っても、気持ちが追い付かないのは当然なんだよ」

気持ちが、追い付かない。

不思議と耳に温かく染みて、メルは彼の言葉を繰り返した。それは、悪いことではないのだと、とても優しいことを言われている気がする。

「君は、少し時間が欲しい、とも思っているんじゃないかな？」

そう言ったディーイーグル伯爵が、ジェイクを指差した。

よくある嫁入り候補の仮婚約のお誘いではなく、いきなり婿入りを提案してきたライオンの獣人族。

もちろん、昨日の今日で、考えなんてまとまらないでいる。

子を成せるようになった身体の変化直後とあって、まだ落ち着かないところがあるのも確かだ。今のメルは、ただただ彼の〝求愛〟から逃げている。

それは大人になったばかりで、考える時間が欲しいからでもあることに気付いた。

「そんな顔をしないでいいんだよ。悩むのも当たり前なんだから」

「伯爵様……」

「それに君達の種族は、とくに臆病だからね。だから考える時間だって十分に必要とするだろう。まっ、他の相手を探すにしろ、君には対人慣れも必要だと思うけどねぇ」

確かにその通りかもしれない。

メルは、これまで社交の場を極力避けてきた。今の状態で両親に『任せて』と言ったような婚姻活動が、きちんとできるのかと言われれば自信はない。

「それにほら、私はずっとヒントをあげているのに、気付かないとだめだよ？」

「ヒント？」

「君に言っただろう、『仕事を提案しよう』と」

ディーイーグル伯爵が、ダンディーなイケメンウインクを送ってきた。

黒い目をぱちくりとしたのち、メルは「あ」と口を開けた。

「そういえば、成人後に仕事に従事をするのなら、花嫁修業扱いで婚姻活動も延期になるんでしたね……。つまりその間は、少し考える時間も確保できる、と？」

「ふふふ、その通りだよ」

よくできましたと、ディーイーグル伯爵が満足げな笑みを浮かべた。

獣人貴族の婚姻活動は、まず仮婚約を結ぶことから始まる。相性が良い者へされる一番目の求愛だ。

その際、ほんの少しだけ噛(か)んで、小さな〝求婚痣(あざ)〟を付ける。

種族によって文様は違い、名家のものであるほど広く認知されている。そして受けた仮の求愛の数は、人気を示す一種のステータスにもなっていた。

だから結婚したい獣人貴族は、よほど相手との相性が悪いか、または既に心を決めた相手がいない限りは、相手の〝気に入りました〟を身に刻む。

――それが獣人貴族の礼儀作法だ。

だが事情がある場合は、その婚姻活動を〝保留〟にできる。

ジェイクとは、家を通してお見合いをしたわけでもない。今のメルが仕事を選ぶのなら、彼と仮の求婚痣を交わさなくてもいいのだ。

「君、彼からの求愛を解決したかったんだろう？」

俯(うつむ)き考えていたメルは、聞こえたディーイーグル伯爵の言葉にドキッとした。

「そこで相談相手を探していた、違うかい？」

「わた、しは……」

その時、冷ややかな声が二人の会話に割って入った。

「求愛をやめる気は、毛頭ないよ」

不意に空気が冷えて、ぞくっと背筋が鳥肌立った。

ジェイクが、確実に食らいつく瞬間を待つ肉食獣の目で、ディーイーグル伯爵を見据えていた。初めて見るその真剣な顔に、メルは怯えた。

やれやれと、ディーイーグル伯爵が肩を軽く竦める。

「まぁ、落ち着きなさい。私は全ての若い子らが、心から愛した人と一緒に幸せになるのを願っている大人だよ」

「どうだか。たとえ誰であろうと、俺は」

不意にジェイクが、メルの怯えに気付いて闘気を抑えた。戸惑い、それから後悔したような表情をして押し黙る。

私が怖がったせい……？

そう思った途端、メルは悪いことをしたような気持ちになった。咄嗟に謝ろうとしたら、ジェイクがにっこりと笑って先に言ってきた。

「ごめん、なんでもないんだ」

「そ、そうですか」

無理をして自分を抑え込んだ気がした。でもここでメルが戸惑ってしまったら、また怯えたと思われてもっと傷付けてしまいそうな気がした。

メルとジェイクが黙り込んで、三人の間に微妙な空気が流れた。

「まぁ、任せなさい」

ディーイーグル伯爵が、ぎこちなくなった空気を和らげるようにジェイクの肩を叩いた。そして、彼を少し下がらせてメルへ続ける。

「仕事のことだが、いい話だと思わないかい？」

「え？　ああ、まぁ……そう、ですね」

成人したばかりの弱小貴族の令嬢が、すぐに仕事を持てるというものでもない。

ディーイーグル伯爵の提案は、かなりうまい話ではある――が、持ち上げられたままのメルは、その親切が善意百パーセントとも思えなくて悩んだ。

ジェイクが、不服そうに眉を寄せて腕を組んだ。

「鷲伯爵様。それだと、やっぱり俺がアピールチャンスを逃しますす」

「まぁ落ち着きなさい。私は、嘘は吐かない男だ」

ははは、と、ディーイーグル伯爵が営業スマイルで答える。

「それじゃ、早速の面談と行こうか」

そのまま彼が歩き出してしまう。

「え？　こ、これからですか？　でも、そんな」

「そこの王都警備部隊員の君も、気になるのなら付いておいで――そういえば名前は？」

「ジェイク・ライオネルです」

「ライオネル家の者だったのか。それにしても、拗ねた顔だなぁ。まぁ、いいか。よろしく。

それからマロン子爵の娘ちゃんは、なんという名前なのかな？」

今更のように、ディーイーグル伯爵が名を尋ねてきた。メルは、やっぱり不安になってしまった。

◆

真っすぐ連れてこられた場所は、王宮だった。

到着した時、メルは黒い目をまん丸にした。解放してくれたディーイーグル伯爵は、城門の警備をあっさり抜け、建物の中をずんずん進んでいく。

「え、なんですか、どうして王宮に?」

行動に流されるまま付いていくものの、戸惑いが止まらない。

「これから紹介したいと思っている一人が、仕事の相談を受けてここに来ているんだよ」

王宮に? 詳細を聞いていないだけに、ますます不安が込み上げる。

そうしている間にも、関係者通路のようなところへ進み、警備もクリアする。静かな一角に出ると、遠くからメイド達がディーイーグル伯爵に頭を下げていった。

「どうやら顔見知りみたいだ。伯爵様は、よく通われているんですね」

「まぁね」

観察していたジェイクに言葉を投げられ、彼が肩をちょっとだけ上げてみせる。

「さて、ここだ」

一つの扉前で、ディーイーグル伯爵が足を止めた。ノックするなり「私だ」と声をかけて開ける。

そこにはティータイムを過ごす紳士が一人いた。

その人が振り返った途端、メルはジェイクの隣で反射的にビクッとした。

「おや。おやおやおや！　これは鷲伯爵じゃないか！　君、さっき散歩に行かなかった？」

立ち上がって颯爽と歩み寄ってきたのは、美しい男だった。年齢不詳だが、恐らくは父やディーイーグル伯爵世代だろう。

衣装が色々と派手で装飾品も多く、マントの内側が真っ赤という個性派だ。

それに対して、硬派でお洒落な紳士、というコーディネートのディーイーグル伯爵が、彼と親しげに友好の握手を交わした。

「散歩に行ったら、いい拾いものをしてね」

「鷲伯爵は、相変わらず行動が掴めないなぁ」

「君に言われたくないなぁ」

ははは、と二人は同じタイミングで笑い合う。だが、陽気であるのは相手だけで、ディーイーグル伯爵の方は冷やかな気もした。

するとディーイーグル伯爵が、くるりとメルを振り返った。

「紹介しよう。彼はルーガー伯爵だ」

まさかの、獣人貴族の伯爵様だった。

メルは慌てて自己紹介をしようとした。だが、こちらを直視した瞬間、ルーガー伯爵の獣目が突然輝いた。

「おぉっ、成長変化を終えたばかりの、初々しい小リスちゃんだね！」

「ひぇ⁉」

勢いよく向かってこられ、いきなり手を握られて上下に振られた。

「成人おめでとう！　恋する大人の獣人族の仲間入りを果たしたのは、昨日かな？　それとも一昨日？　いやぁ、なんともめでたいね！」

一方的に喋ったルーガー伯爵は、なんとも嬉しそうだった。

なんだか、変わった伯爵様である。

「あ、ありがとうございます……？」

恐縮しつつも、メルは内心首を捻りながら答えた。獣人族は、成長変化後の大人になった肉体の変化の香りも嗅ぎ取る。

「さて、一体どこの小リスちゃんなのかな～。おや、そこの君は猫科っぽいね」

「ライオネル伯爵家の四男、ジェイク・ライオネルです。彼女の付き添いです」

「へー！　これはまた珍しい組み合わせだ。ライオンと小リスか、よろしくね」

勝手に男達の方で、友好的な握手が交わされる。

それを見届けたディーイーグル伯爵が、質問に答えるようにメルの背を押して、ルーガー伯爵の前に出した。

「この子、君の手伝いにどうかなと思ってね。マロン子爵家のところの一人娘だ。名前はメルというらしい」

「ほぉ！　あの最弱最少の小リスの一族かい。気配からすると、小リスっぽい感じはしていたんだけど、まさか引きこもりの穴蔵リスだったとはね！」

ルーガー伯爵が、興味津々と観察してくる。

美しい顔がドアップで来て、メルはつい、ジェイクの方へと背中を後退させた。

警戒心がとくに強いマロン一族は、相手の種族を察知できる能力に優れていた。この風変わりな伯爵も、結構な〝戦闘系〟で怯えた。

「凶暴種の方の、カ、カンガルー、ですか……」

「おや、よく分かったね。さすがだ」

メルがごくりと息を呑んだ時、彼が魅惑的な獣目をようやく離していった。

「うん、確かにイイかもしれない。非相性のない性質というのも、珍しいなぁ。それにどうやら、穴蔵リスは〝本能的な畏れは持たない草食種タイプ〟であるらしい」

そういえば先ほど、ディーイーグル伯爵が『誰とでも相性が合う』とか口にしていた気がする。

「非相性のない性質？　それはなんですか？」

「簡単に言えば、初対面であっても気を許してもらえるタイプだ」

不思議に思って尋ねたメルに、ルーガー伯爵が肘を抱えた腕で指を一つ立てた。

「誰とでも仲良くなれて、誰の嫌悪感にも警戒心にも触れない。結婚相手の相性の良し悪しも、君の場合だと、その基準はあてにならないだろうね」

「そんなことを言われても、実感はないのですが……」

「それから、草食種タイプの珍しいことにも重なっている。君ら穴蔵リスは〝どんな相手だろうが逃げきる〟という独特の本能が勝って、血の強さの方には反応しない」

つまり、と彼は一同の視線の中で結論を出した。

「一言でまとめると、とっても鈍いタイプ」

「鈍い……！」

草食種の中でも警戒心が強い自覚があったので、鋭さとは真逆の言葉には衝撃を受けた。

「あはは、何もショックを受けることなんてないんだよ」

ルーガー伯爵が気前よく言った。

「きちんと危機回避能力が機能していながら、獣人族としての血の強さには全く反応しないというのは、ある意味すごいことさ。勝手に怯えられる方だって、軽くショックだったりするんだよ。強く生まれた彼らも、それなりに繊細なんだ」

強い獣人族も、彼らなりの葛藤や苦労があったりする……？

メルは、ふと思った。ルーガー伯爵が、「さて」と手を打って、早々にその話題を一旦終わらせる。

「もし君がよければ、是非とも採用したい。ちょうど、人員が欲しかったところでね。とくに君のような体質は、王都中を探しても見付かるものじゃない」

そこで彼が、まずは自身の行っている活動などについて説明した。

ルーガー伯爵は、ケアサポート会社を持っている。それは人族、獣人族にかかわらず、お見合いのきっかけ作りから結婚までもサポートしているという。

それだけでなく、会社を立ち上げて以降も複数の団体に個人的に協力し、恋する者達のために走り回っている毎日だ。

「私はね、カップルの幸せを見るのが大好きなんだ！」

ルーガー伯爵が、内側が真っ赤なマントを払って力強く言い放った。

「えっ。大好きって……あの、それだけで精力的にご活動をされているのですか？」

メルは目を丸くした。ディーイーグル伯爵は、作り笑いだ。名前を聞いてピンと来ていたのか、ジェイクはやっぱりそうかという顔で聞いている。

「そうだよ？　私は仮婚約者や、婚約者達を支援しケアもする事業らもバックアップしていてね。もう毎日毎日、恋模様を見られてハッピーさ！」

そう熱く語ったルーガー伯爵は、うっとりとした表情だった。

もしかして、完全に個人的なご趣味なのでは……。

メルは、喉元まで言葉が出かかった。よく分からないテンションをキープし続けているルーガー伯爵が、そこでふぅと物憂げな溜息(ためいき)をもらす。

「今回、一番悩まされているのは婚姻ケアだな。我々獣人族が見た感じでも、相性は抜群で相手も素敵なんだが、本人が会うのさえ拒否していてね」

言い方からすると、それは獣人族ではなさそうだ。

「婚姻の顔合わせというと、位の高い人族貴族なのですか？」

「うん。十五歳の、オリアナ王女殿下だ。お相手は、エデル王国のエミール王子。その嫁ぎの件で少々問題になっている」

ケアの相手が、まさかのこの国の王女様だった。

さらっと口にされたけれど、メルはとんでもないお方の名に萎縮(いしゅく)した。

「両国の縁談が決まったあと、オリアナ王女殿下は、顔合わせも拒否の姿勢で部屋に閉じこもってしまわれたんだ。親しいお付きの者にもだんまりだ」

と、不意にルーガー伯爵が、メルを見てにっこりと笑う。

「そこで――君、王女殿下の説得役をしない？」

「は……？」

「王女殿下が、結婚が決まった相手と顔を合わせてくれるようケアをするんだ」

まさかの、とんでもない仕事案を出されて仰天した。

「う、嘘でしょう⁉」

「ほんとだよ？　ちょうどその件を陛下からお願いされていて、回せそうな人員はないかって〝総督〟に聞かれたところだったんだ」

「え？　総督様、ですか？」

「うん。だから、ディーイーグル伯爵に君を推薦されたのは、ばっちりなタイミングだった」

総督、という響きに嫌な予感が増した。

慌てて目を向けると、ディーイーグル伯爵がダンディーな笑顔で小さく手を振ってくる。それを承知でここへ連れてきたようだ。

メルは、急ぎルーガー伯爵に確認することにした。

「あの、ちなみにその『総督様』というお方は、一体何者なのでしょうか……？」

「騎士公爵とも呼ばれていたりする、王宮の騎士達を統括している人だよ」

まさかの公爵様！

しかも王宮騎士の人事トップだ。無礼にあたったら、弱小な我が子爵家はどうなってしまうのか……とメルは理解に追い付こうとしながらもくらくらした。

「小リスちゃんには、派遣のケアサポート員として彼のところも手伝ってもらおう。王女と会える時間は、そちらに専念してもらって」

淡々と決めていくルーガー伯爵が、さらさらと手帳に走り書いた。

「報酬はこれくらいでどう？」

見せられた紙には、桁違い（けた）の額が記されていた。

これだけあれば、下半期に不作になってしまっても領地のみんなを助けられる。メルも領民の役に立てるだろう。

だが、冷静に考えてハッとする。

「い、いやいやいや、ちょっと待ってくださいっ」

雇ってくれるのはルーガー伯爵、派遣される先は王女殿下。そして公爵である総督というお人にも関わる――。

それは弱小子爵家の、成人したばかりのメルには色々と重すぎた。

両国の王族同士の結婚となると、今後の国交や国益も絡んだ大きなことである。その報酬額の高さは、責任の重さのような気もしてきた。

王女殿下が、結婚が決まった相手と顔を合わせてくれるようにすること。

でも、うまくいかなかったら、我が家は潰（つぶ）されてしまうのではないか？

「む、無茶ですっ。私には無理ですよっ」

肝が冷え、慌てふためいて断りの台詞（セリフ）を口にした。

「そもそも臆病な種族の私に、閉じこもってしまった殿下の説得とか、絶対無理ですよおぉおぉおっ！」

メルはぶわっと泣いて主張した。

断ったらジェイクの求愛問題に戻ってしまう。かといって、ディーイーグル伯爵も逃がしてくれない気がしていた。

つまり逃げ道はない。引き受けるしかない未来に泣いた。

「臆病で引っ込み思案の自覚は、あるんだね～」

涙目の彼女に、ルーガー伯爵は呑気に笑って言った。

「君は非相性を持たないし、警戒心マックスの王女殿下だって近付けてくれると思うよ。だから大丈夫。それに総督のところに寄越せる獣人族というのも、貴重でね」

適材適所であると、彼もディーイーグル伯爵も満足そうだ。

でもメルは、ますます不安になった。その総督様は、みんなが本能的に飛んで逃げるくらいのお方なの？

その時、彼女の方の話が済んだのを見たジェイクが言った。

「ルーガー伯爵様。彼女は、俺が絶賛求愛中なのですが」

邪魔しないでくれます？　と愛嬌のある猫みたいな顔で、棘を露わにする。

するとルーガー伯爵が「こりゃいい！」と目を輝かせた。

「なんだ、君もまた恋する青年だったのか！　それなら、王都警備部隊の方へ依頼を出しておくよ。君は、彼女の護衛騎士になるんだ」

「えっ、彼が私の護衛ですか⁉」

メルはびっくりした。

「で、でも、勝手に任命するだなんて」

「求愛中は、獣人法の適用範囲内だ。『獣人族の求愛行動は、国からも援助される』、これは獣人法第七条に記されていることだよ」

ルーガー伯爵が、その一節をメルへ得意気に告げた。

獣人法は、獣人族の求愛を支援する。求愛している本人が望めば、相手が関わることに最優先で優遇して役割を置くことも可能だった。

目をぱちくりしていたジェイクが、嬉しそうに破顔した。

「それなら大歓迎です」

「喜んでもらえて何よりだ」

うむと答えたルーガー伯爵が、続いて小さなメルを見下ろした。

「君、自分が令嬢なのを忘れてはいけないよ？　元々護衛は付ける気でいたからね」

「うっ、でも……」

「それに知らない他の軍人を付き人にしたら、君は参ってしまうんじゃないかな？」

確かにその通りだった。

「話は決まりだね」

黙り込んだメルを見て、ルーガー伯爵が手を合わせた。

「今日中には、どちらの分の雇用手続きも完了しておこう。そして、これが私の会社の住所だよ。これからケアサポート員として、よろしくね」

差し出された名刺を、メルはおずおずと受け取った。

ディーイーグル伯爵が、厚い胸板を張って動き出した。ジェイクと共に肩を抱かれ、くるりと扉の方へ身体を向けられる。

「んじゃ、早速、王女殿下の件を任されている〝総督〟に会おっか。ルーガー伯爵に、ケアサポート員の件を頼んだ『依頼者』でもあるから」

ディーイーグル伯爵は、わくわくとした上機嫌な口ぶりだった。

不安がむくむくと込み上げる中、総督の執務室へと案内された。

来るまでの廊下も軍人が多くて、ビクビクと緊張しながらの入室となった。ようやく騎士だらけの環境から解放されて一安心――したのも束の間だった。

「なんだ、帰ったんじゃなかったのか」

急な訪問だというのに、そう顰（しか）め面（つら）で言ってきた『総督』と対面を果たしたメルは、表情ごと固まった。

それは絶世の美青年だった。金髪に、金色の美しい獣目。てっきりディーイーグル伯爵くらいの世代を想像していたが、どう見ても二十代だ。

しかし、若さと見目麗しい容姿に対して、威圧感が半端ない。

「こ、こ……っ、今度は蛇(へび)———っ！」

本能で察知した次の瞬間、メルの口から叫びが飛び出した。

相手の美青年が、よく分からないまま不服顔で耳を押さえている。

「ぶわっはははははは！　まさか蛇公爵を前にして、『蛇だ』と叫ぶとはね！」

一連の流れをばっちり見ていたディーイーグル伯爵が、メルが逃げないよう後ろから肩を押さえて大笑いした。

「えっ、蛇公爵って……あの〝黄金の大蛇種(だいじゃ)〟の蛇公爵様ですか!?」

「そうさ！　人族も畏れをなす、最強の大蛇種の当主さ」

まさかの、蛇界のトップ！

メルはくらりとした。そもそも、なんでこの人は先に『蛇公爵』というキーワードを教えてくれなかったのでしょうか!?

すると、ディーイーグル伯爵が察したように真剣な顔をした。

「先に教えたら、つまらないじゃないか」

とんでもないお人だ。この『鷲』は絶対、ドS気質に違いない。

メルは、咄嗟に手から逃れて距離を置いた。警戒してジェイクの方へじりじり寄った彼女の肩を、彼がぽすっと受け止める。

「彼はジーク・ビルスネイクだ」

くくくっと喉の奥で笑いつつ、ディーイーグル伯爵が教えた。

やれやれとんだ騒ぎだと、ジークがぼやきながら向かってきた。大蛇種の冷たい印象の美しい強い獣目を、ちらりとメルに向ける。

「そもそも、なんだ、コレは？」

まさかの、コレ扱い！

メルが口をぱくぱくしている間にも、ディーイーグル伯爵が彼へ言う。

「俺がスカウトして、ルーガー伯爵が臨時で雇ったケアサポート員だ。王女殿下の説得役にと寄越してきた。助っ人を欲しがっていただろう？」

先ほどとは違う砕けた一人称からも、打ち解けた仲であるのが察せられた。

「——確かに、人手は欲しいところだが」

顎に触ったジークが、ふと言葉を呑む。

無表情だ。でも、感傷に近い何かを考えている気もした。

「あのっ、閣下。どうかお言葉をお許しください。私は、困っている総督様のためにもと、ルーガー伯爵様に雇われました。人手が欲しいのなら、お力にならせてください」

気付いたらメルは、そうおずおずと彼に申し出ていた。

この人が〝怖い蛇〟なのは間違いない。でも……一瞬、寂しそうに見えてしまった。ルーガー伯爵が言っていた通り、畏れられている人なりの苦労があるのではないか、と。

「この通り、お前を見ても大丈夫な人員、というわけだ」

ディーイーグル伯爵が、まるで『坊や』と問いかけるようにジークに言った。

「この子は、穴蔵リスのマロン子爵家の娘、メルだ。こっちがライオネル伯爵家のジェイク。どっちも、今回お前が陛下に頼まれた件で、サポーターとしても寄越されている」

「穴蔵リス、か」

ふむと、ジークが形のいい顎をなぞる。

「社交界一の臆病な種族を、よく見付けられたな」

「俺もぶつかるまで気付かなかったが、種族的にも珍しい体質持ちらしい。ほら、お前を前にしても〝畏怖〟はしていない、〝普通〟だろう？」

ニヤニヤしつつ、彼が手でメルを見るよう促す。

「ああ、それでか」

ジークが、なるほどとメルに目を戻してきた。

やはり恐ろしいくらいに整った顔立ちだ。じーっと顔を覗き込まれたメルは、異性で、しかも蛇の気配もあったので首を竦める。

「確かに、――珍しい体質だ」

そうジークが口にした時、不意にジェイクが、メルを自分の腕の中に閉じ込めた。

「ちょ、いきなり何をするんですかっ」

「蛇公爵様。彼女は、俺のです」

いきなり何を言っているのですか――――っ!?

メルはびっくりした。しかし、牽制するみたいに言われたジークは、なんとも思わなかったのか淡々と頷く。

「そうか」

いや、そこも納得しないでください！

それを眺めていたディーイーグル伯爵は、口元を手で隠してぷるぷる震えていた。笑いをこらえながら言ってくる。

「ジーク、彼は彼女の騎士に任命されたナイト君だ。求愛中でね、獣人法が適用される」

「そうすると、城から護衛を付ける手間も省けるな」

「『獣人族は、求愛相手との時間を取れるよう国から援助される』。近衛騎士隊長にも、ジェイク・ライオネルが護衛同行すると知らせておけば問題ない」

そう真面目な話が交わされ出して、メルは一人恥ずかしくなってきた。

後ろからジェイクに抱き締められている状況だというのに、誰も気にしていない。まるで恋人同士のように放っておかれているみたいだ。

「もっ、もう離してくださいっ」

思わず肩越しに見上げて伝えた。

すると、ジェイクが頭を寄せて耳打ちしてきた。

「俺が放して、君は平気でいられるの？」

彼が室内の人達を順に示す。大鷲、大蛇……それを改めて視認した瞬間、メルはピキリと固まった。

「……ひぇ……む、無理、かもしれないです」

天敵の肉食鳥と肉食蛇より、『自分なら絶対安全だよ』とアピールしている大型の猫の方がいくぶんかまだマシ、な気がしてきた。

身が竦んだメルを、ジェイクが優しさいっぱいに抱く。

「ふふっ、そうでしょ？　だから俺、こうしてあげているんだよ」

「そ、そうだったのですか」

納得できるような、できないような。

ジェイクが懐いた猫みたいに、大人しくなったメルへ上機嫌に頭をこすり付けた。

「鷲よりも蛇よりも、猫がいいというのもなぁ」

それを見たディーイーグル伯爵が、柔らかな苦笑を浮かべた。

「本来、穴蔵リスは、見知らぬ者に怯える性質があるはず――なんだけど。君はそこのライオン君が求愛して来た時、逃げなかったのかい？」

不意にそんなことを問われる。

逃げるも何も、いきなりで驚いていたところ抱き上げられてしまったのだ。そんなことを思い返している間にも、ディーイーグル伯爵がニヤニヤしていた。

「ははーん？　なるほど、なるほど」

「なんですか？」

「いや、これぱっかりは、大人の私が口出しすべきではないな」

メルの後ろから、ジークに瞳孔が開いた獣目を向けられたディーイーグル伯爵が、邪魔はしないよと身を引く。

その時、ジークが書斎机へと踵を返した。

「まぁいい。今日、ちょうど俺の親友も来る予定だ。早速だが、ついでにそちらを手伝ってもらおう」

その声を聞いたディーイーグル伯爵が、「あれ？」と彼の背へ視線を移した。

「ルーガー伯爵から依頼があった薬の件、結局は〝君の親友〟がすることになったのかい？」

「友人の薬師が忙しいらしい。彼の代わりに届ける、というよりエマ自身が行きたいんだろうな。理由を聞いたら、自分が行くと言って聞かなかった」

　この〝怖い蛇〟様にも、親友がいらっしゃるのですね……。

　親友、と聞いてメルは黒い目を丸くしてしまった。獣人族にとって、自分の身体の一部のように大切な存在――そしてそれは、なかなか出会える良縁ではない。

「伯爵様からのご依頼でお薬が作られたということは、ケアがてらのお届け、なのでしょうか。あれ？　そうすると、親友様も薬師関係のお方なのですか？」

　ふと思って尋ねると、執務机の上にあった小さな茶袋を取ってジークが振り返った。

「俺の親友は、魔法薬の原料生産師だ。希少な人材で、最近結婚したが引き続き仕事をしている。その訪問先の令嬢とは昨年、原料の生産を担当した縁があったらしい」

　語り出した彼は、相変わらず無表情だった。

　だが先ほどより、明らかに饒舌（じょうぜつ）だ。

「親友はお人好しなんだ。仮婚約中のケアもするというのを聞きつけて、それなら自分が行くとルーガー伯爵の団体にまで連絡を入れた。うむ、実にあいつらしい――あとで来た時に紹介してやろう。名は、エマ・ユーニクスだ」

　書斎机に腰を寄りかからせて答える彼は、機嫌が良さそうにも感じた。

　獣人族は、例外なく親友への質問に対して気分を良くする。自慢の友で、語ることに誇りと嬉しさを覚える大事な相手なのだ。

　ジェイクが、察したようにジークの手にある茶色い小袋へ目を向けた。

「その薬を、先ほどルーガー伯爵様から受け取ったわけですか」

「そうだ。こっちに来るついでに、と思ってな。去年、十五歳で成長変化がきた公爵家の猫令嬢がいただろう？　エマは、その時の薬の原料の生産を担当していた。仮婚約して一年、少々荒れているらしい」

　その時、ディーイーグル伯爵が広い肩を竦めてみせた。

「まっ、それでルーガー伯爵のところに相談員派遣の依頼があったというわけだ。薬を持った薬師と、ケアサポート員が訪問する予定になっていてね」

「とすると、私達の最初の仕事は……」

「早々だが、これから彼の親友と一緒に行くことになるだろう。エマ・ユーニクスが到着次第、ジークが公爵家へ知らせを出すから大丈夫だ」

　なるほどとジェイクも納得する。

　内容を思い返していたメルは、遅れて驚愕の事実に気付いた。思わず彼の腕の中という状況も忘れ、その腕を掴み叫んでしまった。

「え⁉　ま、待ってください、その子は十五歳で〝成人〟したのですか⁉」

　獣人族の女性は、早くても成長変化が十八歳を越えてからだ。それは、成人する際の苦しみに耐えられる身体になってから起こるものだ――という説もある。

メルも、成長変化では大変な苦しみと激痛があった。

それなのに、その子は、たった十五歳であの苦しさを乗り越えたのか。

「知らなかったのかい？」

ディーイーグル伯爵が、ここ一番の驚きのように獣目を丸くした。

「君、社交情報に疎(うと)いなぁ。かなり話題になった話だぞ？」

「うっ、すみません……去年もほとんど領地の屋敷にいましたし、その、時期によっては、新聞は全て農作業用の敷物代わりに……」

「ははは、それは新聞会社泣かせだね。同じ事業経営者としては同情する」

元々、新聞をじっくり読む習慣はなかった。地元で素敵な情報誌が出ているし、おかげで父のマロン子爵も世間的なことには疎い。

そんな家族事情を思い返していると、ジークが執務机から身を離した。

「王女殿下の件については、一度陛下の方にケアサポート員のことを報告しておく。動くのはそのあとだ。先にエマと、その猫令嬢のところへ行ってもらう」

メルは、移動する彼の姿をジェイク達と目で追った。応接席にあったテーブルに小袋を置くと、ジークは続いて棚の扉を開ける。

「……あの、開けられた瞬間からすごく甘い匂いがするのですが。あの方は、一体何を引っ張り出そうとしているのでしょうか？」

「今日のために買ったクッキーだろうな」

ディーイーグル伯爵が、ジークの方を見たまま教える。

「彼の親友は、王都のある店のクッキーが好きなようでね」

「なるほど……。この匂いからすると、かなり上品で高級そうです」

メルは、人族よりも利く鼻でくんくんした。その様子は、警戒しつつもつられて首を伸ばす小動物みたいだ。

腕の中のそんな彼女を、ジェイクが幸せそうに見下ろしていた。

ディーイーグル伯爵が、甘ったるくなりそうな空気を察知して、咳払いを挟む。

「全く、うちの子と違って、ストレートなナイト君だ――ちなみにエマ・ユーニクスは、彼の騎士であるライル・ユーニクスの妻だ」

それを聞いたジェイクが、ああやっぱりと彼へ視線を移した。

「ご結婚された、あの聖獣種の一角獣騎士の奥様でしたか」

「知っているんですか？」

「俺の兄が、結婚前と後の王宮の騒ぎを何度か見ていてね。パーティーで家族と顔を合わせた際に話を聞かされたんだ。エマ、という名には聞き覚えがあった」

「そ、そうだったのですね」

耳元で喋られたせいか、吐息と体温を意識してしまい頬が染まる。抱き締められたままなのが恥ずかしくなってきた。

「……あの、そろそろ放してくださいませんか？」

つい、腕の中でもじもじしてしまった。

「どうして？」

「その、私、もう平気ですから」

「だーめ。今日はあまり触れていなかったから、もう少し」

甘えるような声で言われ、頬を擦り寄せられた。

メルの柔らかなシナモン色の髪が、彼の黄色がかった茶色の髪と混じり合う。吐息だけでなく、ジェイクの〝匂い〟を鼻いっぱいに感じた。

自分の髪の中にまで染みていくのが分かって、かぁっと顔が熱くなった。

「ちょっ、頭ですりすりしてこないでくださいっ」

メルが慌てても、ジェイクは猫がごろごろ喉を鳴らすみたいに甘えてくる。

その時、不意にノック音がして、全員がそちらを見た。

クッキーの袋をテーブルに置いたジークが、訝しみつつ入室を許可する。すると一人の騎士が緊張気味に入室してきて、すぐさま敬礼を取った。

「総督様。実は親友様なのですが、本日はご体調面がすぐれないため来られない、と屋敷の者から知らせがありました」

その瞬間、室内の温度が急激に下がった。

メルは、ジェイクの腕の中で「ひぇっ」と身を竦めた。ディーイーグル伯爵が「これは物騒な予感が」と他人事のように呟きながら部屋の主の方を確認する。

極寒の空気を放っているジークが、騎士の方へ向かう。

「おい。今すぐ、馬具用の鞭を持ってこい」

「は。鞭、でしょうか……？」

聞き間違いだろうかと、おそるおそる騎士が確認する。

しかしそんなことも耳に入らないかのように、ジークがギロリと宙を睨んだ。

「あの馬、シバく」

まるで死刑でも宣告するみたいな雰囲気だった。

ひえぇぇ……とメルはか細い声をもらした。ジェイクが呑気に見守る中、ディーイーグル伯爵が彼女とジェイクに耳打ちする。

「結婚したばかりの新婚夫婦だからね。それもあって、旦那の溺愛がすごいらしい」

「な、なるほど。聖獣種でも、馬、なんですね」

配慮された言い回しではあったが、正しく理解した。同じく子だくさんで知られている兎。

しかし馬の場合、それ以上に遠慮を知らない——とは有名な話だ。

騎士が大慌てで鞭を取りに出ていく。

ジークが振り返り、メルとジェイクへ声を投げた。

「俺はバカ馬を捜してくる。スケジュールは追って知らせるから、ジェイク、護衛騎士だというのなら、責任を持って彼女を送り届けろ。以上だ」

え、送り届けられるのですか？

メルが口を開こうとした時には、すでにジークが執務室を出ていってしまっていた。この状況になってしまった報告も考えると、その方がよさそうでもあった。

◆

王宮を出たのち、メルは真っすぐ家へと送り届けられた。

玄関を開けてすぐ、出迎えてくれたマロン子爵と子爵夫人が、隣にいるジェイクを見てあんぐりと口を開けた。

思い返せば、解決案を見付けてくると意気込んで家を出ていた。

「えっと……彼が、護衛騎士になりました」

メルは両親から視線をそらし、いたたまれない心境でその成果を報告した。

「娘さんはお任せください」

隣に並んで立ったジェイクが、騎士らしい礼儀作法でにこっと述べた。

しばし、二方の間に沈黙が漂った。

「いや待って！」

マロン子爵が、弾かれたように丸い身体を揺らして叫んだ。

「なぜそうなる⁉」

「いや、なんというか、なりゆきで……」

「メルっ、目をそらさないでおくれ！　何がどうなってそうなったのか⁉」

対策どころか、悪化して距離が縮まってしまっている。

そこでメルは、これまでのことを両親へ話した。経緯を語るごとに父は倒れそうになったし、母は「鷲や蛇って……大丈夫だったのですか？」と不運な境遇を心配した。

そして翌日から、メルはケアサポート員として動き出すことになった。

二章　頑張るしかありません……恋って大変ですね

その翌朝、昨日するはずだった件について早速仕事の知らせが届いた。

キャズワイド公爵邸へ訪問し、十六歳の令嬢エリザベスに薬を届けること。そして、仮婚約中の彼女の話を聞き精神面のケアをしてあげること――。

それをケアサポート員として、原料生産師であるエマ伯爵夫人に同行して行う。

初めての仕事である。もちろん、失礼なんてできない。

「エマ夫人は、ヴァッカ公から爵位を授与されたユーニクス伯爵家次男様の奥様……庶民の出身らしいですが、異例のスピードでご婚姻されたとすると、花嫁教育も最短でクリアした才女に違いありません……き、緊張します」

時間になったら〝護衛騎士〟が迎えに来ることにもなっていたので、リビングで待つメルは緊張に胃がキリキリしていた。

とはいえ一緒に目を通した両親が、先に寝込んでいた。

エマは、ユコニーンの獣人、ユーニクス伯爵家の次男と最近結婚した一般人の女性だ。夫となったライル・ユーニクスは、蛇公爵の騎士としての活躍から伯爵位を受けている。

その伯爵夫人、エマとは、ルーガー伯爵が持つ会社で合流する予定である。

昨日に引き続き、仕事の依頼でも獣人貴族で有名どころの家名が並んだので、メルの両親が卒倒してしまうのも当然だった。

「資料を見たあとなので、余計に衝撃があったのでしょうね……」

メルは、それをリビングの食卓で見てしまったことを反省した。両親があっという間に寝込んでしまったのは、そのせいもあるだろう。

昨日の夕方、ルーガー伯爵が気を利かせて資料を送ってくれていた。

おかげで関わることになってしまった貴族達を、メルもようやく把握できたところだ。しかし、資料の最後のページにあったジェイクの分が、より気になった。

「…………思っていた以上に、きちんとした名門一族ではないですか」

ライオネル伯爵家は、ライオンの獣人種族の中でも古い歴史を持った名家だ。王の騎士として活躍し、騎士に与えられる中で最高位の勲章も受けている。

どうしてルーガー伯爵が、彼のことまで教えてきたのか分からない。

「恋を応援するお方だから、そうしたのでしょうか……?」

メルとしては、密(ひそ)かに調べてしまったような後ろめたさも覚えた。

なんでもない子爵令嬢であるメルからすれば、ライオネル家の四男も遠い存在だった。彼なら、もっと条件のいい婿入り先も探せるだろう。

「そもそも伯爵家の令息だなんて……私には、ありえない話です」

若い獣人族にある一時の求愛熱、なのかもしれない。

メルには、彼の求愛に応える気持ちはない。一時的なものであるのなら、ひとまず彼には諦めてもらう方向でいこう。

一時の熱意なら、仕事をしている間にも冷めるだろう。

その時、訪問者を告げるノック音がしてドキッとした。やましいことを考えていたわけでもないのに、取り繕うように大慌てで玄関へ向かう。

「おはよう、今日もとても可愛いね」

玄関を開けるなり、ジェイクに笑いかけられて呆気に取られた。

そんな台詞を軽く言ってしてしまえるなんて、やっぱり人懐っこい猫が気紛れにじゃれているみたいなものなのだろうか。

「そう、ですか。いえ、私は普通ですので」

お世辞に不慣れなメルは、軽い気持ちで褒めてくる彼から距離を取った。

「あれ？　昨日は恥ずかしがってくれたのに」

「恥ずかしがらせたいんですかっ？」

その意図に唖然とした。褒めたわけでもないのに、彼がくすぐったそうに笑った。

「俺は、君のどんな表情だって、見るのが好きだもの」

ジェイクが、エスコートするみたいにメルの手を取った。指先を握られ、優しく微笑みかけられて胸がばっくんと高鳴った。

見惚れてしまって、気付くと手を引かれるまま外へ連れ出されていた。

「あっ、あの、手っ」

心臓がバクバクして、うまく言葉が出てこない。

するとジェイクが、茶目っ気たっぷりに見下ろしてきた。唇に指を添えて、その獣目を美しく細める。

「俺は今、君の騎士だよ」

あ、そうか。護衛騎士だからそうしたのですね……。

メルは我に返った。けれど手を引く美しい王都警備部隊の青年と、その彼にずっと見つめられている自分を、女の子達が憧れの目で追ってくるのにはドキドキした。


待ち合わせていたルーガー伯爵の会社を訪れると、受け付けにいた若い女性社員にエマが待っていることを告げられて驚いた。

予定していた時刻より、随分早く来たらしい。

一階ロビーに並べられた応接席の中、一人ソファに座る女性の姿があった。一角獣らしき獣人族の〝匂い〟をまとっていたので伴侶だと分かった。

「お、お待たせしてしまい申し訳ございませんでしたっ」

急いで向かうと、蜂蜜色の目がメル達を見つめ返してきた。

対面が叶ったエマ・ユーニクスは、想像していた『伯爵夫人』の印象はなかった。ゆったりとしたスカート衣装、ふわっとした焦げ茶色の髪は背中に下ろされたままだ。

「いえ、大丈夫よ。来たばかりなの」

エマが、やはり貴族らしいとっつきにくさもなく明るく笑ってきた。

でも彼女のティーカップの中身は、半分以上飲まれていた。とてもいい人であるらしい。まだ子はいない新妻なのだけれど、メルはその立派な胸元にも憧れてしまった。

「――ジークから、一連の話は聞きました」

メル達の紅茶が運ばれて自己紹介も済ませたところで、エマがそう切り出した。

「付き合わせるみたいになってしまって、ごめんなさい」

「いえいえっ、ルーガー伯爵様からのお仕事でもありますからっ」

頭を下げたエマに、メルは慌てた。

「でも、私の件は急きょだったんでしょう？　大丈夫、ジークはあなた達にかけた迷惑分も含めて、しっかりシメておいたから」

あの蛇公爵で、王宮騎士の人事トップの総督様を『シメた』？

メルは、ゴクリと唾を飲んでしまった。エマは「もうジークったら、ほんとに」と話し続けているが、恐らく彼を叱れるのは世界中であなただけ……。

と、エマがハタと口元に手をあてた。

「ごめんなさい、敬語で話すべきだったわね。護衛に王都警備部隊の人もいるし、あなたのこと年下の可愛らしい女の子だと思って、つい普通に話してしまったわ」

「お気になさらないでくださいっ。私は年下ですし、ケアサポート員として来ていますしっ」

「そう？　なら、あなたも普通に話しましょう！」

「えぇぇっ！」

唐突に、とんでもない提案をされた。庶民出身ゆえなのだろうか。弱小の子爵令嬢であるメルが、伯爵夫人に軽い口なんて利けるはずがない。

「ご、ごめんなさい。えっと、お気持ちは嬉しいのですが、その、私のこれは口癖みたいなものですので……」

「あら、そうだったのね。それなら、あなたなりに気楽に話してくれていいからね」

エマがにっこりと笑いかけてきた。身体のラインを強調しない服なのに、手をスカートの上に置き直した彼女の胸が柔らかそうに揺れていた。

すっごいプロポーション……。

華奢なメルは、たっぷりの大人の魅力に頬を染めた。エマが紅茶を飲んだので、気付かれないのをいいことに注視してしまった。

「こういうの、君はドキドキするんだね」

不意に、隣から少し頭を寄せて、ジェイクが囁いてきた。

すっかりバレていることにドキッとした。パッと見つめ返すと、あやしく微笑む彼の金茶色の獣目が近くにあって、より鼓動が速まった。

「あ、あなただってするでしょう？」

思わず言い返したら、彼が「いや？」とすぐに否定してきた。

「そんなはずないです。だって、女性の私でもドキドキするくらいに」

「メル。ねぇ聞いて――俺は、君が全部理想だもの」

ジェイクが頭を屈めてきて、密かに甘く耳打ちしてきた。

吐息だけで背が甘く痺れた。思わずガタッと音を立ててしまって、エマが目を戻し、片方の耳を押さえているメルを見て首を傾げる。

「どうかしたの？」

「い、いえ。なんでもないです」

言い方がぎこちなくなった。ジェイクは、上機嫌に紅茶を口にしている。

エマはメルが緊張していると取ったのか、ふと気遣わしげに見つめてきた。

「あなたのことは、ジークから少し聞いているわ。少し特殊な種族、なんですってね」

対人も苦手な、獣人族きっての臆病な種族だ。けれどその要素をあえて口にしないところにも、エマの人の良さを感じた。

「私はライルさんの妻になったけど、社交界の伯爵夫人としての評価だって、執事さん達の教育のおかげよ。あなたの前にいるのは、一人の原料生産師。どうか肩の力を抜いて接してくれると嬉しいわ」

落ち着かせようと思ったのか、エマはにこっと笑いかけてくる。

なんだかいい人だ。お姉さんみたいに、温かい。

「はい！　よろしくお願いします」

不安や人見知りの緊張も一気に溶けて、メルは笑顔でしっかりと頷いた。

◆

ルーガー伯爵の会社から馬車が出され、早速キャズワイド公爵邸へ向けて出発した。

エマの話によると、公爵令嬢エリザベスは、今年で仮婚約一年目を迎えるという。

獣人族の婚姻習慣である仮婚約の期間は、長いと約三年にもなる。とくに本命で求愛した子達にとっては、本婚約までの期間が延びるほどに不安にもなる。

「彼女は、仮婚約者の狼総帥が本命らしいの」

「狼総帥って……確か、最強の狼獣人の軍部総帥様ですよね？」

「その彼が唯一仮の求婚痣を贈った相手が、エリザベス公爵令嬢らしいわ。ちなみにキャズワイド公爵家は、猫科で最大最強の種族と言われている一族よ」

「猫科……っ！」

とくに天敵である種族を聞いて、メルはビクーッとした。咄嗟に頭に浮かんだのは、今、この場にいる猫科のジェイクだ。

「言っておくけど、猫公爵家は、ライオンよりおっかないよ」

察知したのか、ジェイクが車窓を眺めながら口を挟んできた。

エマは人族だから、獣人族が抱く本能的な強い弱いの感覚は分からないのだろう。危機感とは無縁でもある顔で「うーん」と首を捻る。

「遠くから見た感じだと、ジークより大人しそうな子だったけど」

「それ、猫を被っているだけではないですかね？」

ジェイクが、エマへ視線を戻しつつ意見を投げた。

「あら。思い当たる節があるみたいな顔をしているわね。同じ猫科としては、そう思うの？」

エマに尋ねられたジェイクが、答えず、にっこりと笑った。

笑顔で誤魔化した感が強い。

メルは、彼の慣れきった社交力の対応に思った。エマは何も感じなかったのか、これまで何度か協力してきたケアサポート員の経験から言う。

「仮婚約の交流期間中も、不安を聞いてあげることって大切なの」

結婚してから協力するようになったので、余計にそう感じたらしい。

時には、既婚者の立場からアドバイスや経験談を語った。よく分からないもやもやも、女の子同士話をして落ち着くこともある。

「今回依頼してきたキャズワイド公爵家の方々も、それを期待してのことみたい」

そんなことを話している間にも、馬車は王都の一等地街に入った。豪華絢爛な貴族屋敷が続き、広々とした乗馬用の個人緑地を数軒ほど車窓から見送る。

そして獣人貴族、キャズワイド公爵邸に到着した。

そこはまさに宮殿だった。美しい柵の向こうに広がるのは、左右に広がった正面庭園。広い通路を進むと、外階段を持った大きな玄関があった。

予定時刻に合わせて待っていたのか、執事と使用人達が出迎えてくれた。

「先に申し上げておきます。――お嬢様は、荒れに荒れております」

挨拶の言葉もそこそこに、執事が打ち明けてきた。

「とくに女性を贔屓しておられるお方ですので、お二人はよくとも、お付きの護衛の方は行かない方がよろしいでしょう。お出掛けになられる前、現役の騎士隊長であらせられる坊ちゃま達も、ボコボコにされておりました」

「わーお。それはおっかないね」

――ということで、ジェイクは執事達と共に一階のロビーで待機することになった。

メイドの案内で、メルはエマと一緒に大きな螺旋階段を上がった。

大理石の美しい階段を上り、通路を奥へと進む。とても静かなせいか、立派すぎる高貴なる獣人大貴族の豪邸に緊張が込み上げた。

「あちらの扉が、お嬢様の私室になります」

屋敷の者達は、しばらく一人にするよう命令されているのだという。メイドは薬の件も含めてメル達に託すと、早々に来た道を戻っていった。

メルはエマと向かうと、怖々とその扉の前に立った。

「あの、とても物々しい感じがするのですが……大丈夫でしょうか？」

美しい装飾模様に対して、ピリピリとした空気を獣人族の五感に覚えた。

エマはとくに何も感じなかったのか、「そう？」と不思議そうに首を傾げる。

「きっと大丈夫じゃないかしら」

そう答えたエマが、あっさり扉をノックして声をかけた。その行動力に驚いて、メルは身構えたのだが――待っても応答はなかった。

「うーん、ここにいるとは皆さん言っていたし」

すると何を思ったのか、エマがふとドアノブを握った。

メルがビクッとした直後、カチャリと音がして扉が少し開いた。

「鍵は……、かかっていないみたい」

エマが、こちらを見て確認する。

「そう、ですね」

その行動力にドキドキしながら、メルはどうにか相槌を打った。

中を覗き込んでみると、室内はレースカーテンで日差しが遮られていた。すぐそこのカーペットの上で、四つん這いになっている令嬢の姿があった。

その光景に驚いた瞬間、垂れた真っ赤な髪の向こうから呻き声が聞こえてきた。

「仮婚約したのに、ロマンスなんて始まらないっ！」

……どうやら、だいぶ参っているご様子だ。

その光景は、踏み込むのに躊躇する状況だった。最大最強の猫科の獣人種族ということもあって、見た目から一層メルは怖くなる。

目撃したいたたまれなさからか、エマが控えめな咳払いで相手に気付かせた。

「お嬢様、失礼致します。ケアサポート会社から来ました」

エリザベスが、勢いよく顔を上げた。そのギラギラと光る獣目にメルは「ひぃっ」と声がもれたが、彼女がふっと威嚇をやめた。

「あなた、確かライル・ユーニクス様の妻になった――」

「はい。エマ・ユーニクスですわ。そしてこちらが、ケアサポート員のメルです」

エマが、伯爵夫人らしい口調で先に名乗った。

エリザベスがひとまず入室を促して、カーペットの上に座り直した。

猫みたいな大きな目、背中に流れる特徴的な燃えるような真っ赤な髪。胸元は寂しいが、豪華な衣装も宝石も似合う強烈な美貌が目を引いた。

「どうしてあなたがここへ？」

向かってきたエマとメルを見比べつつ、エリザベスが質問する。

「原料生産師をしているものですから、その縁あってケアサポート会社にちょくちょく、薬師代わりに協力させてもらっています」

「ああ、そういえば、ケアサポート会社から薬が届くとは聞いていましたわ。あなたは、ご結婚されてからますます精力的でしたわね。できる子を思えば、どうぞご自愛なさって」

「私のことをご存知だったのですね。ありがとうございます」

エマが少し目を丸くすると、エリザベスは大人びた眼差しで続ける。

「庶民から獣人貴族へと嫁いだでしょう。何か困ることがあってはいけないと、ご婚約を耳にしてから、ずっと気にかけていましたから」

その言葉にエマが、胸にきたような声で「ありがとうございます」と述べた。それから、少し屈んで手に持っていたものを差し出した。

「お薬を届けに来ました。お早い成長変化で、身体の方の成長痛が今になってきていて、就寝がお辛いとお聞きしました」

「どうもありがとうございます。正直、とても困っておりましたの」

小さい茶色い小袋を受け取ったエリザベスが、溜息をもらした。

「今しばらくの辛抱ですよ。将来は、ぐんっと身長も大きくなられるかもしれません」

「わたくしも、それを期待してはいるのですけれど——アーサー様も大きいですし」

ぼそり、とエリザベスが呟いた。

だが、思い返すようなしんみりとした雰囲気は、直後に一変した。

「チィッ」

彼女が顔をそむけ、怨恨たっぷりのおっそろしい表情で舌打ちした。

どうやら仮婚約者の存在が、今は逆鱗になっているようだ。メルは怯えてビクッと硬直してしまったし、エマもしばしかける言葉を探し続けていた。

「……えぇと、エリザベス嬢？　その、ケアサポート員のメルだけでなく、私もその一人としてここへ来ました。先に結婚した身としても、何かあればご相談に乗りますわ」

エマがぎこちなく切り出した。

すると、エリザベスがもらった薬を横に置き——突如、ダーンッとカーペットに拳の横を押し付けた。その衝撃が床から伝わってきて、メルは飛び上がった。

「獣人族は恋する種族のはず！　それなのにっ、聞いていた話と違って、ちっともロマンスが始まらないのですわ！」

唐突に愚痴った彼女が、ギリィッと宙を睨み付ける。

「あのにっぶい男！　何度アプローチしても思うようにいかないし、あまつさえ気付かない時もあるし鈍すぎませんこと⁉　あああもうっそこも硬派で好き‼」

……どちらなのでしょう。

恨み事を吐き捨てる彼女の口から、力強い『好き』が出た。メルとエマが何も言えないでいると、エリザベスは溜まった鬱憤を発散するように続ける。

「十五歳だからと言われて本婚約の話を流され、十六歳だからと言われて相手にされず、いっつも子供扱い！　こうなったら力付くでも本婚約してくれると、勝負を持ちかけてカップル限定イベントにも参加したら全力で逃げられるし！　そんなにわたくしが嫌なの⁉」

エリザベスが「ちくしょー！」と、令嬢としてアウトな発言をして床をぶった。強い獣人族としての怪力で、ミシリと軋む音がした。

こわっ……！

メルが震え上がった時、不意にエリザベスの強い視線が彼女を射抜いた。

「あなたも、恋をしたら分かります。ところで、エマ夫人と違い、あなたは見たところ成長変化を終えて間もない獣人族のようですわね」

「あっ、はい。その通りです」

「それでいて、一緒に来ている殿方に求愛を受けた、と」

ふむふむと座り直したエリザベスに、メルは目を剥いた。

「な、なんで分かるのですか!?」

「えっ、そうだったの!? 彼に〝求愛〟されていたの!?」

叫んだのほぼ同時に、そばからエマも驚きの声を上げた。

二人の動揺っぷりを、エリザベスは〝猫の目〟で冷静に眺める。

「今日、一緒に付き添って来ているのでしょう？ そんなの〝匂い〟で分かりますし、同じ猫科ですから、自分の匂いを付けまくっていることで好意があるとは気付きますわ」

「うっ……やっぱりまだ残っています、よね……」

メルは、昨日もぐりぐりされたのを思い出した。獣人族は個人の匂いを嗅ぎ分けられる。その〝匂い〟は、洗ってもすぐに落ちるものではない。

エリザベスが「ふうん」と読めない目をした。

「お相手の方のお名前は、なんとおっしゃるの？」

「ジェイク・ライオネルです」

メルが答えると、エリザベスが思い至ったように秀麗な眉を少し上げる。

「あら。ライオン種の獣人一族の中でも、名門中の名門の獣人貴族ですわね。男家系で、とても厳しい家だとは聞いたことがあります」

「とても厳しい……？」

「我が家も騎士家系で厳しいですが、その比ではありませんわ。猫科の獣人族の中で、もっとも親の教育が厳しいことでも有名です。少しの不誠実さえも許さない、まさに『子を崖から落とす』くらいに徹底している、とか」

その情報が、メルの頭の片隅につんっと引っ掛かった。

話を聞いていて、一瞬、頭にリアルな想像が浮かんだ。教育とは思えないほど、心配になるくらいボロボロになった子供の姿——。

「わたくし、その求愛の件で、少し疑問がありますの」

「え？　あっ、はい！　なんでしょうか？」

遅れてメルが反応すると、エリザベスが凍えるような美しい金色の獣目を少し細める。

「そもそも、あなた、マロン子爵家の者ですわよね？」

「どうして分かったのですか!?」

「特徴的な〝匂い〟と〝気配〟。そして、その黒い目もマロン一族の特徴ですから」

あ、そうか……メルは、自分の目に手をやった。

弱小とはいえ、イリヤス王国の貴族に名を連ねている。知っている者が見れば、一握りの一族にしかない黒い目で家名を推測してしまえるだろう。

「見たところ、まだ仮婚約はされていないご様子。それなのに付き添いをさせているということは、その彼は元々のお友達だったりするのかしら？」

「いえ？　一昨日、求愛で突然家に押し掛けられました」

そう答えた途端、エリザベスがますます疑問を覚えた表情を浮かべた。

「一昨日？　つまり初対面ですの？」

「はい、そうですよ？　……えっと、それが何か？」

じーっと見つめられて、メルはたじろいだ。

「確かマロン子爵家は、穴蔵リスですわよね？　あなた、それなのに初対面で隣を歩かせるだなんて、普通は……」

そこで彼女が黙り込んだ。何やらじっと考え込んでいるそばから、見守っていたエマがこっそっとメルに尋ねる。

「あの王都警備部隊の人、突然家に押し掛けてきたの？」

「はい。実は、勝手に玄関を開けて入ってきてしまいまして」

「えぇっ、そうだったの⁉　すごいわね……成人したばかりの女性がいる家に押し掛けたなんて知ったら、ライルさん――私の夫なら卒倒しそうだわ」

途中、『王都警備部隊』の単語にエリザベスが反応した。気付いたエマが、メルと一緒に目を戻したところで、顔を横にそらしている彼女に確信して尋ねる。

「どうかされましたか？」

「…………その部隊の上層部でもある軍部のトップがわたくしの仮婚約者ですから」

そういえば、彼女が仮婚約した相手は軍部総帥だ。

ベアウルフ侯爵家の嫡男で、最年少で総帥に就任した人――そして彼女が今、荒れに荒れている原因である求愛相手だ。

その時、ふっとエリザベスが目を上げてエマを見た。

「あなた、不思議な魔力をお持ちですわね」

聖獣種や古代種は、とくに人族の魔力に敏感だ。どうやら最大最強の猫、というのは蛇(へび)公爵と同じく古代種の方だったようだ。

「不思議な魔力？」

メルが大きな黒い目をきょとんとすると、エリザベスが頷く。

「強くはありません。ですから、わたくしも気付くのに遅れましたわ。しかしその魔力……ある意味、聖獣種に近いほど清らか、というか」

「この魔力の性質のおかげで、原料生産師としてとても良いお薬の原料ができているみたいなのです。実は昨年、その縁で、至急魔力石を欲しいと注文を受けつけまして」

困ったように微笑んでいたエマが、優しく手を向ける。

「それはエリザベス嬢、あなたの成長変化の際のお薬に使われた原材料だったんです」

「わたくしの……？」

「はい。私が生産する魔力石は、魔力の質ゆえにとてもよく効くから、と。今回、お薬をケアサポート員と持っていくというお話を耳にして、そこで代わってもらったのです」

不思議なものだ。約一年かかって、原材料を作った人と薬を受け取った人が顔を合わせた。

それも、きっと何かの縁だったのかもしれない。メルがそう思っていると、エリザベスも同じことを感じたのか感謝を表して頭を下げた。

「わたくしを、今でも気にかけてくださっていたのですね。ありがとうございます」

とても心が込められた声だった。

「ああいう特別なお薬は、作った者の気持ちが表れるものです。先ほどは、申し訳ございませんでした。お見苦しいところを見せましたわ」

「いえいえっ、私はただの原料生産師ですので」

「だからこそです」

ぴしゃりとエリザベスは言った。

「人族の魔力を持った方々が、わたくし達の苦しさが少しでも楽になるよう、想って作ってくださっているとは聞いておりますーーあの時は、本当に助かりましたわ。ありがとう」

ふわりと柔らかく微笑めば、エリザベスは恋をする一人の小さな少女に見えた。

エマが、愛らしいと言うかのように温かな笑顔を返した。

「軍部総帥様との恋が、うまくいくといいですね。これもご縁です、何かありましたらいつでもお声をかけくださいませ」

「そうしますわ」

良かった、これで一件落着みたいです。

そう思ったメルは、続いてエリザベスに「ちょっとあなた」と強い目を向けられて、ビクッとした。

「あなたもですわよ。エマ夫人を見習いなさいな。こういう時は、しっかり友人の輪を広げるためにご挨拶するのです！」

「ひえぇっ、ご、ごごごごめんなさい！　気を付けます！」

メルは怯えて反射的に謝った。するとエリザベスが、「全く」と言って、表情を和らげた。

「ほんと、内気なリスですこと。わたくし、あなたとも仲良くしたいのですわ」

「え……？」

「これから出会う子達の中にも、きっと同じように思う方々もいらっしゃるでしょう。仲良くしたいと思っている方に『よろしく』と言われなかったとしたら、このわたくしだって『悲しい』と感じるのですわよ？」

十六歳のエリザベスに教えられて、ハッとした。

メルはこれまで、身を引かれた相手がどんな気持ちになるかなんて、想像したことがなかった。臆病で怖くなって、先にいつも逃げていただけ――。

「仲良くしたいと思ってくれている相手だって、同じように緊張するし、きっと勇気だっていります、よね……」

「その通りですわ」

自分が怯えてしまった時、ジェイクが傷付いたような表情をしたのが思い出された。もうあんな顔をさせたくない。そう思った時には、メルの気持ちは決まっていた。

「よ、よろしくお願いしますっ」

緊張しつつせいいっぱい伝えたら、エリザベスがふんわりと温かく笑ってくれた。それを目にしたら、なんだか嬉しくなって、改善していくのを頑張ろうと思えた。

◆

久しぶりにエリザベスが自室を出てくれたと、使用人一同に礼を言われた。当の公爵令嬢エリザベスと揃(そろ)って見送られ、馬車は公爵邸を出発した。

当初の予定では、それぞれ家と王都警備部隊まで送られるはずだった。

だが、エマの意見で、その少し手前で下車することになった。

「屋敷まで、少し歩きたい気分なの」

たまに、こうやってしばらく歩きたくなるらしい。

伯爵夫人でもある彼女を、一人で歩かせるわけにはいかない。メル達は、付き合うことにして徒歩に切り替えたのだ。

「以前は隣町で暮らしていたのよ。そこから、仕事で王都に通っていたわ」

歩きながら、エマはのんびりと語った。

婚約した後、嫁入りで店の工房を信頼する同業者に預けた。そして親友のジークに提案されて、結婚までの間は、ビルスネイク公爵邸に世話になったのだとか。

「あの蛇公爵様のご自宅に、ですか……」

メルは畏れ多くて、普通ならそんなことできないと思った。さすがは親友、というべきだろうか。

獣人族の親友は、家族や血の繋がった兄弟のような特別な存在だった。滅多に会えるものではなく、多くの人と過ごす中で奇跡的に出会うという。

ジークも親友をしばらく泊まらせたことは、とても楽しかっただろう。

臆病な種族で親友に縁のないメルは、そう想像して少し羨ましく思った。

「婚約期間中、ジークの家からライルさんに会いに行ったの。ちょうど、この大通りから真っすぐ進んだわ。王都で暮らすだなんて、違和感しかなくって」

のんびり歩くエマの、ゆったりとしたスカートが足元で揺れている。メルは後ろに手を回した彼女の、大きな胸についい目がいった。

「でも大好きな親友と、大好きな恋人に会える道なんだと思ったら、王都に対する印象が一気に変わっちゃったのよ。住んでいたい場所だな、て」

「仕事仲間達が多くいる町から引っ越したこと、不安はなかったんですか？」

「なかったわ。『王都はいいぞ』と、ずっと言い続けていたジークのおかげね。だから仕事以外の時でも、そう自覚したこの道を気晴らしで歩きたくなるのよ」

王都は、治安部隊や王都警備部隊もあるので治安はいい。貴婦人が、お供を付けずにのびのびと散策できることでも知られていた。

とはいえ、妊娠の可能性がある場合は別だ。

「とすると……あれって、やっぱりお屋敷の人達でしょうか？」

実は、ずっと気になっていたことがあった。

メルは、こっそり後ろへ目を向けた。大通りの店の看板や停車中の馬車に隠れつつ、メル達の後ろを付いてきている人達がいる。

それは、きちんとしたお屋敷に仕えているような、お仕着せの男女達だった。そのせいでかなり目立っているのだが、人族のエマは気配にも気付いていない様子だ。

「恐らくはそうじゃないかな」

「でも、違っていたら少し怖いですよね……」

エマは一人で歩きたがっているようだが、伯爵夫人である彼女を単身で歩かせて危険がないかどうか、判断ができなくて悩む。

この位置からだと、メルの嗅覚では衣服に付いた匂いまでは嗅ぎ分けられない。

「風向きが変われば、俺の嗅覚ならもう少し〝匂い〟を探れると思うよ」

「本当ですか？」

「うん、試してみるよ」

強い獣人族ほど五感も優れている。頷いたジェイクが、鼻に集中して風のタイミングを待ちつつ歩みを緩める。

と、彼が、くんっと鼻先を動かした。

「――あ。馬だ」

ということは、推測通り、彼らはライル・ユーニクスの屋敷の使用人達なのだろう。

心配ではあるが、エマの気持ちを考慮してこっそり付いてきているのか。そうすると、恒例になっている彼女の息抜きを、メル達は邪魔していることになる。

「ええと、ライルさんへのお土産も探したいと思っているの」

すると、そわそわとエマが切り出してきた。

「いつもお仕事を頑張っている彼に、甘いものを選んだりしているんだけど、さすがに二人まで付き合わせるのも悪いから、あの、私一人で……」

「わ、私達っ、ルーガー伯爵様のところに寄る用事を思い出しました！」

メルは、苦し紛れでそう叫んだ。

唐突な発言だったが、一人になりたかったエマは深く突っ込んで聞いてこなかった。

「そうなの？　それじゃあ、ここでお別れね」

「そうですね。うん、ここまでです」

エマは露骨に嬉しそうで、メルはどうにか作り笑いを浮かべる。

「今日はありがとう、あなた達も無理をしないようにね」

早速別れを告げ、エマが人混みに紛れていった。

こんな風に話せる女友達もいなかったので、メルは少し寂しく思いながらも見送った。

「それじゃあ、私も帰りましょうか」

足を動かした瞬間、不意に手を握られて驚く。

「なっ、なんですか？」

隣に並んだジェイクの金茶色の目が、メルを見下ろして嬉しそうに笑う。

「早く二人きりになれて、嬉しいなって」

メルは、かぁっと体温が上がった。

直前までエマのことを考えていたので、早々に二人きりになることを想定していなかった。

「え、えと、私はそういう意味でエマさんと別れたわけではっ」

「ふふっ、そんなの知ってるよ。それじゃあ行こうか、メル」

「あっ」

ジェイクが歩き出してしまった。咄嗟に手をほどこうと思って振ってみたら、彼が楽しそうに動きを合わせてきた。

まるで猫にじゃれられているみたいだ。

メルは、遊んでいるわけじゃないので困ってしまった。人の多い通りでこんな風に歩いていたら、恋人同士に思われるんじゃないかと他人の目が気になった。

「あ、あのっ」

「うん？」

「手を、放して頂けないでしょうか？　私は……あなたの求愛を断りました。だから、手を繋ぐなんて、おかしいです」

メルは俯き、精一杯の勇気で伝えた。

昨日、彼が婿入りの提案をしてきた時、その言葉に対してメルは確かに『お断りします』と答えた。それなのに彼は、再会してからもずっとメルにだけ優しい。

「何もおかしくないよ。俺は君に求愛中だもの。絶賛アピールしているところ」

ジェイクが、どこか上品な笑みを小さく浮かべた。握る手を持ち上げられ、流れるように指先へキスをされてメルはぽかんとした。

すぐに唇を離した彼が、近くから見つめ返してきてくすりと笑った。

魅力的な美しい顔で微笑みかけられて、恥じらいが一気に込み上げメルは赤面した。

「な、なっ、なんで手にキスを……！」

「ふふっ、君の反応が可愛いから。あ、俺のことは気軽に『ジェイク』と呼んで」

「いえ、でも私はっ」

「俺も『メル』ってたくさん呼んでいくね」

ジェイクが、自分のペースを崩さずにっこりと言った。

「それにね、『あなた』なんて上品に呼ばれたら、将来呼ばれる時のことを考えて、余計にワクワクして抑えが利かなくなりそうだから」

その言い分に呆(あき)れて言葉が出なかった。一体なんの『抑え』なのか。

良く言えばポジティブ、悪く言えば会話が一方通行……？

諦めてくれる感じが全くなくて困った。ジェイクは引き続き、メルと繋いだ手を楽しげに振って、散歩みたいな足取りで進む。

「帰るにしても、少し早い時間だね。予定よりもスムーズに終わったせいかな」

ジェイクが、通りにあった時計台を見て言った。

「まぁ、そうですね」

こうやって外を歩き回るのも、メルには珍しい経験だ。

何か、両親にお土産でも買って帰ろうか。そんなことを考えていたら彼が「あ」と言った。

「じゃあ、お家(うち)デートでもする？」

「は」

「借りたアパートが近くにあるんだ。俺の部屋に案内するよ」

にこっと、先ほどと同じく全く害のなさそうな笑顔でジェイクが述べた。

初訪問してきた時、そのきらきらとした笑顔でベッドテクニックだの、試すだの、とんでもないことを平気で言ってきたのが思い出された。

やっぱり距離の詰め方がおかしい。

いきなり家に誘うとか、デートでも普通はやらないはず――しかも一人暮らしの男性だ。

「きゃ、却下です！　やです！」

メルは考えるよりも先に、手を振り払って逃げ出していた。

すると、ジェイクが後ろから全力で追ってきた。

「あははは、冗談だよ。どうして逃げるの」

「分かっていてやっているからですよ！」

危険しか感じないんですよ！

肩越しに振り返ったメルは、余裕たっぷりなジェイクの疾走に怯えた。もう必死で逃げに入った時、通行人の一人にぶつかりそうになった。

まずい。そう思った瞬間、手を掴まれ後ろに引っ張られた。

「危ないよ、メル」

追い付いたジェイクに、優しく抱き留められた。

初めから、本気を出せばいつだってメルを捕まえられたのだろう。そう茫然と思っていると、不意にその腕に抱き上げられた。

「きゃあっ!?」

メルは短い悲鳴を上げた。

驚いて咄嗟に見つめ返したら、そこには一心に見つめてくるジェイクの微笑みがあった。

「きっと俺のこと、気に入るよ。君は、俺の運命そのものだもの」

金茶色の獣目にメルを映したまま、彼が目元に優しい線を描く。

――どうして、そう言い切れるのですか?

メルは戸惑いを覚えた。出会ったばかりの相手なのに、それくらいに本気で求愛しているのだと伝えられても信じられない。

すぐ距離感を飛び越えてくるのも、女性慣れをしているからではないか。人族獣人族に関係なく社交界で〝遊ぶ〟者だって多くいる。

そうだとしたら、余計に無理だ。候補の一人程度の気持ちなら、メルは応えられない。

「わ、私は、一途な人がいいんです」

抱き上げられている状況に怯えながらも、どうにかそう伝えた。

それをなんと取ったのか。彼が安心させるかのように抱き直して、蕩けるような甘い笑顔で頷いた。

「俺も、君一筋だよ」

その嬉しそうな眼差しは、真っすぐで、熱くて、メルは直前までの警戒心も溶けてしまいそうになった。

もしかして、本当に……？

この人は、ただ一人、メルだけを思って求愛してくれているのか――。

「って、な、何をしているのですか!?」

唐突に歩き出されて、メルは仰天した。不安定になった身体を、咄嗟に彼の方へ押し付けると、ジェイクが不思議そうに見つめてくる。

「何って、ちゃんと送ろうとしているだけだよ？」

送るって、このままのコレで!?

通りにいる大勢の人達が、ジェイクと、彼に抱き上げられた華奢なメルを見ている。

「お、下ろしてくださいっ」

「どうして？　ほら、ばっちり安定感あるよ」

「そう思ってるのはあなただけですううううう！」

メルは、ぶんぶん首を横に振って訴えた。

恥ずかしくて死にそうだ。平気な彼が信じられない。周囲の人達の戸惑いの注目が、ざわめきにまで発展していくのを感じてますます焦りも増した。

混乱いっぱいで涙目になった時だった。

群衆をかき分けて、向こうから一人の男が駆けてきた。

「街中で恥ずかしがらせるのは、やめなさい！」

あっという間に迫った男が、ジェイクの頭をパコーッンと叩いた。

それは、王都警備部隊の軍服を着た人族だった。隊長格を示す装飾がされた軍服仕様のロングコートを、きちっと着込んでいる。

全くダメージにならなかったジェイクが、その男を見て、それからメルへ視線を戻す。

「メル、彼が俺の上司で、王都警備部のランベルト隊長だよ」

「え」

「『俺の上司』じゃないっ、何をやっているんだお前はっ、人攫いか!?」

そばからランベルトが大声を上げた。

「ははは、違いますよ隊長。彼女は、俺の求愛相手です」

「なら尚更下ろせえええええ！　彼女の戸惑いが分からないのかアホタレが！」

叱り付けたランベルトの拳骨が、再びジェイクの頭に落ちた。

メルは、今の王都警備部隊長が人族であることに新鮮な驚きを覚えた。

王都の軍人は、七割が戦闘種族である獣人族で占められている。王都警備部隊は、出自だけでなく内外からの支持率も関わり、治安部隊以上に実力主義の傾向も強い。

ランベルトは、よほどすごい人物なのだろう。

「全く、お前ときたら。スケジュールはきっちりこなしているのが、憎たらしいくらい活き活きとしているな」

「早めに終わらせているんだから、いいじゃないですか」

「普段から、それくらい能力を発揮してくれれば私も困らないんだが」

舌打ちする表情で睨みつけられたジェイクが、笑って聞き流した。視線が厳しくなると、ようやく残念そうにメルを下ろした。

その時、もう一人の軍人がやってきた。

「ランベルト、いきなり走り出してどうした？」

それは見たこともないくらい大きな男で、彼女は強い緊張感に硬直した。

獣人族だ。年齢は二十歳ほどだろうか。端整な顔立ちだが、野獣のような獰猛な金緑色の獣目をしている。

上等な軍服には、勲章といった装飾品も付けていた——が、とにかくデカい。

目付きが鋭い、威圧感半端ない……この気配は、『狼』！

「ま、間に合ってます！」

察知した瞬間、メルはジェイクの後ろに隠れて力いっぱい言い放った。

相手の大男が、ゆっくりと困惑の色を浮かべる。

「……何が？」

それに対して、ジェイクはまんざらでもなさそうな表情だ。

王都警備部隊長のランベルトが、場を仲裁するべく大きめの咳払いをした。ジェイクとメルへ彼を紹介する。

「心配は無用だ。このお方は軍部総帥の、アーサー・ベアウルフ。今回、君達が任された王女殿下の一件については、彼も直々に目を通して協力する構えでいらっしゃる」

つまりジェイクの上司の、更に上司、というわけだ。

若き狼総帥、アーサー・ベアウルフ。あの公爵令嬢エリザベスの、本命の仮婚約者だ。こんな偶然があるんだなと思いながら、メルはジェイクと揃って頭を下げた。

「メル・マロンです、マロン子爵家の娘です……その、このたびは、ケアサポート員として役目を受けました」

「初めまして、ベアウルフ軍部総帥。俺はその護衛騎士に抜擢された、王都警備部隊の隊長直属の第一班所属、ライオネル伯爵家の四男、ジェイク・ライオネルです」

ジェイクが完璧な騎士の挨拶をすると、王都警備部隊長ランベルトがひとまずといった様子で胸を撫で下ろした。普段から困らされているのが伝わってきた。

「二人とも、緊張しなくとも大丈夫だ。このお方は、挨拶が遅れた程度で怒ったりはしない。

獣人族としての血が強いのは確かだが、決して怖いお人ではないよ。毎度、初対面で怯えられるから気にしていらっしゃるところもある」

「ランベルト」

アーサーが、溜息をこらえた声で口を挟んだ。年齢は一回りも違っているが、呼び慣れた感じからも信頼関係が窺えた。

「ああ、すみません。年上として、余計なことをしてしまいました」

ランベルトが、柔らかな苦笑を返した。

「――――別に、いい」

ぷいっと顔をそむけたアーサーが、そこでメルとジェイクへ目を向けた。

「王女殿下に関わるとのことで、一度、顔を確認しようとは思っていた。今後、もし何か助けが必要になった時は、俺かランベルトの名前を出していい」

「は、はいっ。ありがとうございます」

メルは少し反応が遅れて、慌てて返事をした。つらつらと続けられた言葉は、見た目の印象とだいぶ違っていて親切としか思えない台詞だった。

その隣でジェイクが、にこっと笑ってスマートに礼をする。

「ありがとうございます。俺、こうしてベアウルフ軍部総帥様とお話できて、良かったです」

唐突に愛想良く言われて、アーサーがたじろぐ。

「なんだ、急に」

「いえ、純粋な友好心からですよ。それに先ほど、ちょうどケアサポート員の仕事で、あなた様の仮婚約者様のところに、立ち寄ったところでしたから」

ジェイクは、話題を提供しようと思って言ったらしい。

けれど想像していた反応と違って、アーサーが首を右へと傾げた。

「体調でも悪かったのか？　ケアサポート会社は、仮婚約中の内科病院みたいなものだろう」

……え？　もしかして〝病院〟認識？

メルは、分かりやすかったルーガー伯爵の会社説明を思い返した。病院と勘違いする部分はなかったはずだ。あのジェイクも笑顔で固まっている。

そばから、ランベルトがぎこちなく口を挟んだ。

「あの、軍部総帥。ケアサポート会社の目的は、体調サポートではなくて、ですね――」

だが、彼の言葉をアーサーは聞いていなかった。

「それで？　エリザベスは大丈夫だったのか？」

「え？　ああ、エリザベス嬢は、少し成長痛があるとのことでした。それから、荒れに荒れていたようでした」

尋ねられたジェイクが、さらっと教えた。

メルは呆気に取られた。知らせていいのかも分からないのに、軽いノリで答えてよかったのか。距離感を配慮しない行動や発言は、彼の性格だったりするのだろうか？

「そう、か。荒れていたのか」

アーサーが思案する声で呟き、悩み込んだ。

「とすると、まだ怒っているんだな」

「お心当たりがあるのですか？」

またしてもジェイクが軽率に尋ねた。ある意味すごいなと、メルとランベルトは深刻顔で感心してしまった。

「俺もよく分からん。先日、仮婚約の交流茶会で顔を合わせたら、話して数分でいきなり怒り出した。褒めるべきだとか言われたが、何を褒めれば良かったんだ？」

首を捻ったアーサーに、心底分からないという顔で尋ね返された。

場に、なんとなく察したような空気が流れた。真っ先に思い浮かんだのは、本命だと公私共に宣言しているエリザベスが茶会でアピールしようと着飾った姿だ。

二人きりの席で会う場合、まずはどこか褒めるのも一般礼儀――なのだが、気のせいか彼が女性心を察してそれをする、というのも想像が付かないでいる。

メルは先ほど、エリザベスが『すごく鈍い』だの『気付かない』だのと言っていたのを思い返した。つまるところ、恋って難しいんだなぁ……と思った。

◆

ケアサポート員として、薬師の家庭訪問に同行する日々が続いた。

その二日後、ようやく〝本命〟の仕事の知らせがあった。

王女殿下に会える都合が付いたとのことだ。メルは昼食を終えると、時間厳守を意識して緊張気味にパタパタと支度に取りかかった。

「今日も外に行くのかい？」

マロン子爵が、食卓から心配そうに首を伸ばす。

王都の別邸にやってきて、これほどまで活動的だったことはない。でもディーイーグル伯爵が言う通り、今後の婚姻活動を考えれば慣れておくのも必要だとメルは思う。

「高額のお仕事でもあるんです。私、頑張りますっ」

「うーむ、確かにそうだが」

次の不作時期を考えて商談を交わしたりなど仕事はしているが、今期の社交シーズンではマロン子爵だけでなく、メルも稼ぎがあるのは有り難い。

しかし相手は息子ではなく、可愛い一人娘である。

父としては、メルに負担をかけているようで申し訳なさもあった。とくに、そのきっかけがディーイーグル伯爵であるのを気にしている。

「でもなぁ。やっぱり父さんとしては、お前がＳ気質なその鷲伯爵様に、いいように面白がられている気がしないでもな――」

「躊躇ったら外に出る決心が鈍りそうなので行ってきます！」

一呼吸に告げてメルが出ていく。

それを見送った父のマロン子爵は、閉まった玄関を心配そうに見つめた。

「手が震えていたなぁ」

「いつも、人の少ない時間に出歩いていましたからね」

正午を過ぎたばかりの時間だ。まだ人通りも多いだろう。見送りもさせてもらえなかった母のマロン子爵夫人が、淹れ直した紅茶を置いて、同じく心配な気持ちで夫の手を取った。

だがその直後、不意に外からの大絶叫に二人はビクーッとした。

「出た――っ！」

我が子の悲鳴が聞こえてきて、あのライオン獣人が待ち構えていたのだと気付く。

そういえば、護衛騎士としてルーガー伯爵に起用され、活動があれば迎えに来ることになっていたのだ。昨日、家に上がられそうになって父は気絶しかけた。

「そ、そうか。あの子は私達のことも考えて、訪問される前に出たのだな」

マロン子爵が、ドクドクした胸を押さえてそう呟いた。

——ジェイクが迎えに来るのが、まだ慣れない。

家から出てしばらく経った頃、メルは王宮の大理石から上がる足音を聞きながら、ドクドクする胸に手をやった。

案内が代わって、王室付きメイドのあとに続いて歩いていた。通過した大きなフロアは美しい象眼細工が施され、一般の出入りが制限されて兵が警備にあたってもいる。

これから王族に会う緊張もあったが、隣の彼にも緊張が抜けない。

「まだ俺のことを考えているの？」

廊下に差しかかって警備の目が離れたところで、ジェイクが囁きかけてきた。

彼のその獣目は、どこか楽しそうに甘く微笑んでいる。それを見た途端、メルはかぁっと頬を染めた。

「わ、私がこうやってぐるぐる考えるのを見越して、わざとやったんですか⁉　ひ、人をいきなり抱き上げるだなんて、紳士はしないことですよっ」

なんて人なんだろう、とメルは羞恥で潤んだ目でふるふると震えた。

家を出たあと、いきなり人混みの中から飛び出してきて彼に抱き上げられた。かっ攫うみたいに腹に抱きつき、胸の形が変わるくらいにぎゅぅっとされた。

『メル、会いたかったよ！』

『きゃあぁあぁっ⁉』

本当に、とてもとても会いたかったみたいに笑っていた、彼。

その人懐っこい子供みたいな、嬉しさいっぱいの笑顔を目にしたら、怒る気持ちもなくなってしまったのだ。

周りに目を向けることも一切せず、彼はずっとメルだけを見ていた。

あなただけが特別なのだと、全部で伝えてくるみたいに。

「だってメルが、可愛いから」

「かわっ……!?」

当時を思い返していたメルは、聞こえた言葉に心臓が跳ねた。

少し前を歩く年配のメイドと警備兵達は、察した顔で聞こえないふりに入る。パッと目を戻したメルに、ジェイクが柔らかな笑顔を蕩けさせた。

「君は、とても魅力的だよ。華奢な足で急ぎ歩く姿も、小動物っぽくて好きだな」

「そ、そもそも『待ち合わせしましょう』と伝えていたじゃないですかっ。なんで家の方に向かって歩いていたんですか!?」

「我慢できなかったんだ。君の姿が見えたら、勝手に足が走って向かっちゃったんだよ」

嘘(うそ)だ。だって、わざと驚かせて抱き上げたんでしょう?

殿方が我慢できないくらい、メルが魅力的なわけがない。それなのに、嬉しそうに語ったジェイクの笑顔を見ていると嘘と思えなくて、また顔が熱くなった。

「とにかくっ、いきなり抱き上げるのは禁止ですっ」

メルは勢いで言い返した。目が潤んでいるのを見たジェイクが、ここまで、と言うように小さく両手を上げた。

「できるだけしないように気を付けるよ。俺は、君の護衛騎士だ。だから、緊張しなくてもいいよ。安心して隣においで」

にっこり笑った彼に手招きされる。もうちょっと距離を詰めてと言っているのだろうか、メルはつんっと顔を横にそむけてその間隔をたもった。

そうしている間にも、王女殿下の私室へ続く廊下へ出た。

そこには侍女長と数名のメイドがいて、メルとジェイクを待っていた。

「本日ご担当される『メル様』と『ジェイク様』ですね。総督からも、話は伺っております。わたくし達は、オリアナ王女殿下付きのメイドにございます」

頭を丁寧に下げられて恐縮した。王室付きというと、どのメイドもみんなメルより地位の高い貴族家出身だ。

すると、頭を起こして早速、彼女達が教えてくれた。

オリアナ王女殿下は十五歳。昔からやや臆病で人見知りなところがあり、公務の他は自室か図書室で一人過ごしているという。

決まった婚姻の相手は、エデル王国の二番目の王子、十三歳のエミール殿下だ。

　実は、その話が出たのは数ヶ月前のことであるらしい。

「陛下もエデル王国国王も、縁談を組ませるかは子供達の意思を優先する、ということでまずは合意しました。そこで文通で、様子を見ることになったのです」

「文通？　お手紙の交換を？」

「はい。相性を見るため、事実を伏せ、手紙での交流を始めさせたのです」

　手紙は、一通目から好印象だったようだ。

　ほとんど表に出ず友達もいなかったオリアナにとって、エミール殿下は特別な文通相手になったみたいだった――と侍女長らは語る。

「ですが姫様は、婚姻決定のお話があってから、自室に引きこもられてしまったのです」

　直前の手紙では『いつか会いたい』とも伝え合っていた。だから婚姻の決定も、きっと喜んでくれるだろうと両陛下も、そして側近らもみんな思っていたらしい。

　だが、嫁入り先に決まったと告げた途端、状況は一変した。

「何か悩みがあるのならお聞きしますからと、わたくし達が申し出ても、会いたくないの一点張りで。ひどい時は、わたくし達に世話さえさせてくれなくなります」

　専門家も呼んでみたが、扉越しの交渉はことごとく失敗した。どうにか顔を見せてくれても「帰って！」と門前払いだったという。

　蛇公爵が宰相らと訪問した際にも、クッションを投げ付け断固拒否の姿勢だったとか。

「わぉ、それはすごい」

ジェイクが感想を挟んだ。けれど侍女長達は、肩を落とし深刻そうだった。

「こんなにも拒絶の姿勢を取られたのも、長年仕えていて初めてのことです。あれから、もう十日、姫様の元気な表情を拝見できていません……元々活動的ではないお方ですが、根は明るく、元気で、意外と行動力もあるお方なのです」

臆病気質なのに、行動力が？

メルは首を捻った。自分に置き換えて考えてみると、とても不思議に思える部分だった。

「お手紙の件は、どうなったのですか？」

ふと思い出して尋ねた。誰の目にも明らかなくらい仲が良くなっていたという、外国の王子のことはどうなったのだろう。

すると侍女長が、メイド達とぴしゃりと姿勢を戻した。

「実は、最後のお手紙は、陛下から婚姻を伝えられたその日に届きました。そこに姫様も〝いつも通り〟お返事をされていたのです」

オリアナは自室に引きこもり、断固会いたくないという姿勢を貫いている。

それなら、手紙に直接断りの返事を書いてもおかしくない。しかしオリアナは、その手紙に彼を傷付けるようなことは一切書かなかったという。

「書けなかったんだろうね。それくらい大切になっていたから」

ジェイクがふと口を挟んだ。相変わらず緊張もない一声だったが、それはメル達を納得させてしまった。

そうすると、疑問が一つ生まれる。

どうして彼女は、結婚に否定的で、断固会いたくないとしているのか？

「ですからわたくし達は、理由があるのならその悩みを解決するべく付き合おうと思い、どうにかお話を聞けないかと、陛下達と一緒になって頑張っているところなのです」

彼女達の願いは、自室に引きこもってしまうほどのオリアナの不安を、解消してあげること。恐らくは、実の親である両陛下だって同じだ。

――やっぱり責任重大である。

ルーガー伯爵だけでなく、総督である蛇公爵ジークの推薦ということもあって、メルは自分達に大きな期待を託されているのを感じた。

緊張に苛まれながら、メルはジェイクと王女殿下の私室前に立った。

大きな両開きの扉は、白が基調の美しい造りだった。組み紐飾りが施され、花をモチーフにした植物文様の扉装飾がされている。

室内にいるオリアナが、誰かが近寄ってきたのを察知したらしい。扉からピリピリとした空気がもれ出るのを獣人族の五感に覚えて、メルは足が竦みそうになった。

「君なら、きっと大丈夫だよ。ルーガー伯爵様も、そう言っていただろう?」

ジェイクがこっそり耳打ちしてきた。

内緒話のような吐息がくすぐったい。人払いがされているから、余計いけないことをしている気分になってメルは肩をすぼめた。

「だ、だって、きっと、うまくいかないと思うのです」

恥じらいつつも、不安が口からついて出た。中にいるオリアナに聞こえないよう意識した囁きは、もとが愛らしい声なのでますます庇護欲をそそる。

期待されてしまっている、責任重大……。

そんなことを俯き考えていると、ジェイクがそっと目をそらした。

「――そうやってされるから、抱き上げたくなるんだよ」

考え込んでいてよく聞こえなかった。気付いて横目に見上げたメルは、「ふぅ」と息を吐いているジェイクの作られていない表情に胸が詰まった。

『こんなに手間のかかるような子だと思わなかった』

そう思われているのではないかと、勝手な想像が頭に浮かんだ。

婿入り先の候補の一つでしかなかった。そんな妄想に囚われた。そして彼に一つ失望されたような錯覚に、彼女は独りでに傷付いた。

求愛が落ち着いてくれるのを、仕事をしている間に待つ作戦だったはずだ。

それなのに、妙なもやもやが込み上げて苦しくなってきた。もたもたして手間をかけさせてはいけない。メルはそれを振り払うように扉をノックした。

「あのっ、私は小リスの獣人貴族、マロン子爵家の一人娘メルと申します！」

そばでジェイクが、意外そうにメルを見つめる。

メルは扉の向こうまで聞こえるように、大声を出そうと頑張った。

「ケアサポート員として、あなた様のお力になりたくて来ましたっ。よろしければ、お話しませんか⁉」

直後、しん、と廊下が再び静まり返った。

予想していたものの、案の定出てこないようだ。気を張っていた肩から力が抜けた。誰がやってもだめだったのだから、メルがやってもできるはずがない。

だが直後、扉が小さく開かれて驚いた。

「……小リス？　リスの獣人族は見たことがあるけど、小リスって？」

扉の隙間から、こそっと少女が顔を覗かせてきた。

気になったのでつい見てしまった、というように話しかけてきたのは、華奢なメルよりも更に頭一つ分小さい美少女だった。

ややつり上がったパッチリの目元、現王妃と同じ赤みの強いレッド・ブラウンの、大きく波打つ髪――十五歳の王女殿下、オリアナだ。

「あなた、目が黒色なのね。すごくリスっぽいわ」

「えっ、あっ、そう、ですかね？　黒目を持った一族は、ひと握りだと聞きます」

間近で姿を見たのは初めてで、緊張して言葉がつっかえた。

オリアナが、じろじろと探るようにメルを観察する。

「ねぇ。ところで、どんな小さなリスなの？」

「えぇと、穴蔵リス、という種族です。耳が少し長めで、尻尾の毛並みが長くて真っすぐなのが特徴で、身体を隠すために使ったりもするんです」

「ふうん。それで、そっちの騎士っぽい部隊員は、護衛？」

観察するオリアナの目からは、警戒心がなくなっていた。

視線を向けられたジェイクが、すぐににっこりと人懐っこい笑みで応えた。

「はい。俺は王都警備部隊のジェイクと申します。ただの護衛ですので、お気になさらず」

「いても気にするなってことね。……でもそこのメルと違って、なんだか軽そうだわ」

「あははは、よく言われます。社交的な性格なんですよ」

そのにこにこ笑顔を、オリアナは胡散臭そうに見つめていた。

メルも、彼が堂々『社交的』と言い返したことには呆れた。しかし狼総帥どころか、王女殿下にも物怖じしない性格には感心した。

少し考え込んだオリアナが、ふと目に力強さを宿してメルを見た。

「実を言うとね、一人で考え続けるのも限度があるというか、もう気になりすぎて仕方がなかったところなのよ」

「は？　あの、何がでしょうか……？」

「あなた気が弱そうだし、同じ人見知りで友達も少ないのを感じるわっ。それならきっと私の気持ちだって分かるだろうし、とにかく私の話を聞いてちょうだい！」

「え」

逃がさないと言わんばかりに、ガシリと手を握られた。

メルは、まさかの王女殿下本人からの『話を聞いて！』にぽかんとした。


――手紙を交わした人の、柔らかな感情の言葉選びが好印象だった。豊かな感性で風景を見ていることが、政治に全く関係のない話から見て取れた。

だから毎回、手紙を読むのが本当に楽しみで……。

二歳年下の、十三歳らしい視点だとオリアナは思った。

そして同時に、包み込むような優しい言葉の並びに大人びたところを感じた。

まるで、大人が書いたみたいだとは何度か思った。唐突の結婚の知らせに、もしかしたら本当に別の誰かが政治のために書いていたのではと疑った。

手紙を書いた人とは違う人と――、王子と結婚する。

そんなの嫌だった。

――だって、私が好きなのは、この手紙に言葉を連ねた人だ。

「そもそも都合が良すぎない？　私だって、もう十五歳よ。そう簡単に『はいそーですか』と騙されるほど馬鹿じゃないんだからっ」

純心可憐で、時々見られるそのお姿は精霊のよう。

そんな美しい王女様と噂では聞いていたのだが、今、メルの目の前にいる本物の王女殿下オリアナは、愚痴りながら隠していた菓子をむしゃむしゃと食べていた。

私室に引っ張り込まれて、あれから二十分。

ふかふかのカーペットの上で、延々と続く話を聞かされている。

王女の私室に招かれ、菓子までご相伴させられてしまっている現実を前に、メルはもう「はぁ」やら「そうなのですか」やら相槌を打つしかない。

「ほら、メルも食べて。だからほっそいまんまなのよ」

「えっ、あ、はい。すみません」

とくに腹もすいていなかったメルは、三つ目となるクッキーを手に取る。

ジェイクは、涼しげな表情でその隣に正座していた。オリアナは、王族として慣れているようで、護衛なのでいても気にしない態度だった。

「それにしても、メルが十八歳だと思わなかったわ。小リスの種族って、みんな小さかったりするの？」

オリアナが、一時休戦するかのように質問を挟んできた。クッキーのジャムがついた手を舐め、次に菓子の中で一番大きなスコーンに手を出した。

「えっと、私もそこまで小さくないかと……。その、獣人族の女性は、成長変化が来たあとの一年から数年が最後の成長期なんです」

「じゃあ、人によっては成長変化後に、一気に身長が伸びる人もいるのね」

「はい。そのあたりも、種族や個人によって違ってくるかと思います」

メルとしては、少女ほどしかない胸がもう少し大きくなってくれないかな……と密かに期待している。背丈は低いけど、大きさはある母みたいに。

「あ。でも、他の同種の一族と比べると、我が家は比較的小柄な一族ではあるのかもしれません。父だって、母より少し大きいくらいですから」

「ふうん。私もね、こんなにリスっぽい女の子は、初めてよ」

「……えと、リスっぽいと言われることも、あまりないような……？」

メルは領民達以外とはあまり交流もないので、他のリス科の種族とも縁がなく、浮かんだ否定の言葉はさらさらと頭の中から撤退していった。

オリアナは随分落ち着いている。当初はどうなることかと思ったけど、これなら話も聞き出せそうだ。

そう思ったところで、メルはハタと気付いた。

こうなると分かって、ジェイクは待っていてくれていたのだろうか。

『君なら、きっと大丈夫だよ』

彼の方を盗み見ると、口を挟むことなく悠々と座っている。先ほどの言葉がその場しのぎの台詞ではなく、信頼して任せてくれているのを感じて、じーんとした。

こんな風に『きっと大丈夫』と任されたのも初めてだ。

信じてくれるのなら、一層頑張りたいと思った。ケアサポート員として彼女の力になりたい。

「王女殿下は、エミール殿下とお会いするのが不安ですか？」

切り出すのは緊張した。しかし、すぐ返ってきた反応にホッとする。オリアナは気分を害するどころか、味方の女友達に相槌を打つみたいに前向きな姿勢で胸を叩いた。

「よくぞ聞いてくれたわ！　当然よ、実際に会ったことだってないのよ？」

先ほどの話から、オリアナが手紙を書いたのは別人である、と疑っているのは分かる。

けれどメルは疑問だった。相手が十三歳の王子殿下だとしても、聡明(そうめい)な人であるのなら文章力が高くてもおかしくはないだろう。

「どうして、そうお疑いに？」

尋ねると、オリアナが探るようにメルの目を覗き込んできた。

「あなたなら、信じられる？　これまで文通の経験もなかったのに、勧められて。そしてそれは私がものすごく好きな文章で……でも、この前の」

まだ打ち明けられない気持ちがあるのか、逡巡(しゅんじゅん)するようにオリアナが言葉を詰まらせた。

タイミングの不信感だけでなく、他に何か疑う理由がありそうだ。

「殿下、『この前』とおっしゃいましたが、もしかして何かあったのですか？」

「……一人で抱えきれないと思っていたのも事実だもの。いいわ、全部話すわ」

覚悟を決めるような間を置いたオリアナが、ふと目に力を戻してメルを指差した。

「それから、私のことは『オリアナ』でいいわ。なんか調子狂っちゃうから」

「いえ、そんな畏れ多いことはできませんっ」

「家族以外でこんな風に素で話すこともないのよ？　ほら、こうやってお菓子を広げて、もういっぱい話した仲じゃない。観念なさい」

ぴしゃりと言われて、メルは小さくなる。

「えぇと、それでは『オリアナ様』と呼ばせて頂きます……」

それを王女が望んでいるのなら、断れない。

大きなつり目にじーっと覗き込まれ、メルが消え入りそうな声で答えると、ジェイクが上品にくすくす笑った。オリアナが愛想もなくそちらを向く。

「あなたも、メルに免じて名前を呼ばせてあげてよ」

「それは至極光栄に存じます、オリアナ様」

よろしい、と鷹揚に頷いたオリアナが、真剣な表情で座り直した。

「メル。私、もしかしたら〝いんぼう〟なんじゃないかしらって思ったのよ」

「えっ。陰謀、ですか？」

唐突な意見で戸惑う。オリアナは、本気の様子で頷く。

「本でそういうのを読んだことがあるわ。だって、タイミングが良すぎるでしょう？　……そして手紙の殿下は偽物で、本当の殿下は全くの別人なんだわ」

オリアナの場合は、両国の王達の間で先に縁談話が上がった。まずは相性を見ようという配慮で、文通という形で知り合わせて様子を見てくれていた。

その経緯を教えていいとは、ルーガー伯爵から聞いていない。

けれどきっかけについては、この場において重要ではないようにメルは感じた。

「一体、何があったんですか……？」

語るオリアナはとても真剣で、その目は潤み、泣くもんかとこらえていた。

それくらいに、彼女にとって手紙の『エミール・エデル』は大切な存在なのだ。

信じたいけど、信じられない――と葛藤しているみたいだった。それほどまでに心が揺れた何かがあったのか？

「実は、その、手紙が」

オリアナが、速くなった呼吸を落ち着けるように一度唇を噛み締めた。

「大丈夫ですよ。ゆっくり待ちますから」

「ありがとう、メル。……実は婚姻のことを、お父様に知らされた日に手紙が来たの。でも、その手紙はまるでいつもと違っていたのよ」

「別人みたいだった、と……?」

「そうよ。婚姻のことを聞かされたこと、そして『会えるのを楽しみにしている』と社交辞令のような挨拶が、短く書かれていただけだったわ」

それまでのエミール殿下は、そんな文章は書かなかったらしい。たった便箋一枚、そして余白が多い手紙だった。一目見て、オリアナはとても大きなショックを受けた。

別人が代筆していた可能性を疑って、絶望した。

彼女は、恋をしていたのだ。手紙を書いていたその人に。

「私の知る『エミール殿下』が、もういないんだって思ったら、とっても、悲しくなってしまって。私、わけが分からなくなってしまって」

オリアナが、涙の代わりのように溜息を吐き出して顔を手に押し付けた。

すぐに声をかけるのが躊躇われた。恋をしたのに、偽物だったと感じた時のオリアナを思えば、彼女が抱えている辛さも不安も分かるような気がした。

手紙では、エミール殿下もオリアナに好感を覚えているようだったとは聞いていた。

それなのに、彼は最後の手紙に喜びを示さなかったのか？

「――俺としては、手紙が短文になってしまったのも、何か理由がありそうな気がするんだけどね」

ふと、ジェイクの思案の呟きが耳に入った。

見てみると、彼は同性として何か考えているかのようだった。けれどオリアナが、涙をこらえるように気丈な声を絞り出し否定した。

「理由だなんて、簡単よ。これまでが偽物だったからだわ」

「しかし――いえ、なんでもありません」

ジェイクが、すぐに言葉を引っ込めた。

オリアナは俯き、今にも泣き出しそうだった。メルは慌ててそばに寄ると、失礼しますと告げて肩を撫でて励ます。

「私は、オリアナ様の味方です。信じられなくて不安になるのも、分かります」

同じ女性として、自分がもしその立場だったらと思ってそう言った。

オリアナが、メルへぱっと目を戻した。

「そうでしょ？　これで不安にならない人はいないわよね」

彼女の瞳に、急速に力が戻っていく。

今、オリアナが欲しいのは、アドバイスではなく共感だったらしい。心に寄り添い、話を聞いてくれる相手を必要としていたのだろう。

それだけでも支えになれる、という言葉の意味が少し理解できた気がした。

「はい。これまで一人でずっと抱えていらしたんですね。これからその不安が少しでも小さくなるよう、ケアサポート員としてお手伝いさせて頂きたいです」

彼女が不安になっている原因も分かった。それを解消するには、どんな方法がいいのかルーガー伯爵にも相談してみたい。

そう考えた時、メルはオリアナに勢いよく手を握られてしまった。

「ありがとうメル！　あなたは私の一番の味方なのね、嬉しいわ。それじゃあ早速、計画を立てなくっちゃね！」

……ん？　計画？

率先して話を進めるオリアナを前に、メルは目が点になった。

「えっと、オリアナ様？　計画とは一体……？」

「こっそりエミール殿下のことについて調査するのよ。本性を暴いてやるわ！」

「ええっ！　で、でもどうやって」

「聞き出すのよ、知っている人達から」

ぽかんとしている間にも、オリアナが得意気に話す。

来週、王都から馬車で一晩かかるマリテーヌの町で、エデル王国の外交を担当している貴族らが参加するパーティーがあるらしい。

そこは王族の療養地もあり、別荘も会場の近くなのだとか。

「タイミング的にもいいし、絶好のチャンスよね」

オリアナはそう言うが、メルは逃走本能がぞわぞわするような予感を覚えた。

「あの、まさか、オリアナ様」

その時、オリアナが立ち上がった。

「潜入調査を行うことにするわ！　メル、今すぐルーガー伯爵らに手配をして、私に付いてきなさい！」

わくわくした笑顔で力いっぱい宣言してきた。

まさかの要望にメルは驚愕（きょうがく）した。侍女長らが話していた通り、オリアナは確かに行動派なところもあるようだ。

「いや、しかしですね、潜入だなんて」

「探偵小説はたくさん読んでいるから、ばっちりよ！」

と、オリアナがそこでジェイクを見た。

「ジェイク、あなたが付いてきてくれるのなら、メルの出張だってオーケーになるわよね？」

ジェイクが、にこりと笑う。

「問題ないと思います。ルーガー伯爵達は、きっとオリアナ様の希望を叶えてくださいますよ」

「ありがとう！　期待してるわ！」

あっという間に話は締められ、そこでいったんお開きになった。

メルはジェイクに手を貸され、おぼつかない足で部屋を出た。待っていた侍女長達や護衛騎士らに、久しぶりに姫様の笑顔が見られたと感謝されたが、その言葉は半ば耳を素通りしていった。

「……出張……遠いところまで、お出掛け……」

しかもパーティーに潜入？

とんでもないことになってしまったと、臆病な種族のメルは思った。

◆

王宮から馬車が出され、ルーガー伯爵の会社へ送り届けられた。

「――なるほどね。そういうことになったか」

通された最上階の部屋で、報告を聞いたルーガー伯爵がティーカップの中身を揺らした。

「うまくいく予想はあったけど、まさかの菓子パーティーになったとはね。そのうえ殿下の方から要望まで受けるとは。はっはっは、君、想像以上にすごいじゃないか」

　面白がられているのか、褒められているのか分からない。

　ジェイクは平気そうに聞いている。すると向かいのソファにいた蛇公爵ジークが、不思議でならないという顔で首を捻った。

「なぜ、そんなことになったんだ？」

「さぁ……なぜなのでしょうね」

　どうしてこんなことになったのかと思っているのは、メルの方だ。事実を時系列で並べて思い返しても疑問だった。

「あの、そもそもどうして総督様がここに……？」

「この件を陛下から頼まれたのは、俺だからだ。依頼をルーガー伯爵に振って終わり、という無責任なことはしない」

　オリアナとエミール殿下の婚姻は、国がかかわる。今後の貿易や国交への影響を考えてみると、メルは改めて自分達の責任の重さも感じた。

　ジークが、溜息を吐きながら前髪をかき上げる。

「仕事が増えたな。マリテーヌまでの移動スケジュールと、護衛小隊の派遣か」

「うっ、それは申し訳ございませんでした」

　予想外の『姫様からの願い』だったのは事実だ。

するとジェイクが、メルの隣から口を挟む。

「殿下に『大丈夫です』と申し伝えたのは、俺です。申し訳ございません」

「いい。王女が部屋から出るきっかけを作っただけでも成果だ。すぐに手配する」

ぎしりとソファを軋ませて、ジークが立ち上がる。

叱られるかと思ったのに、成果と評された。メルは頼もしさを覚えた。

「でも、パーティーの参加はどうするんだい？」

ルーガー伯爵が、テーブルにティーカップを戻してジークを呼び留めた。

「殿下を誰かの同行者にさせるにしても、身元を尋ねられるのは避けられないだろう。開催日も近いし、招待状を取れるような相手を探すのだって難しい」

「飛び入り参加をしてもあやしまれない人物については、すでに目星を付けている」

「へぇ、社交の幅が偏っている君が？　珍しいね」

ルーガー伯爵が、悪気もなく述べた。

ジークは気にした様子もなく、冷静沈着といった金色の獣目を向ける。

「そいつの連れという設定であれば、恐らく誰も詮索しない」

「ふうん。それなら、あとはマリテーヌの別邸で、小リスちゃん達を同行する使用人として仕立てれば、オーケーなわけだ」

「そうすれば殿下と潜入できる。俺は奴に、パーティーの件を依頼してくる」

もう用は済んだと言わんばかりに、ジークが黒い軍服仕様のロングコートを揺らして部屋を出ていった。

蛇公爵は、誰に協力を要請するつもりなのだろうか。

そうメルが思っていると、ルーガー伯爵の目が二人へと戻ってきた。

「というわけで、二、三日以内には、マリテーヌ入りしてもらうことになると思う。君達にはそこで、使用人のふりをするための準備をしてもらう」

「誰かに同行させて、私達が三人一緒に会場に入れるようにするんですね」

「その通り。付きっきりなら、参加者より使用人の方が都合もいい」

手配が完了すればスケジュールも出る。追って出発の件は知らせるとのことで、それまではケアサポート員としての仕事は休みとなった。

それまでに各自必要な荷物を用意し、準備を終わらせておく。

「小リスちゃんはいいとしても、ジェイクは王都警備部隊だ。数日抜ける件のスケジュールについても、しっかり直属の上司と相談しておいてくれ」

「分かりました」

ジェイクが、あっさりと請け負った。

ハタと思い出して、メルは少し心配になった。彼は王都警備部隊員だ。はたして長期で現場を離れられるのだろうか？

「あの、本当に大丈夫なんですか？　軍人さんって、お忙しいんでしょう……？」

「俺の心配をしてくれているの？　大丈夫だよ、ありがとう」

嬉しそうに笑いかけられて、恥ずかしくなった。

一瞬、『本当に来られるの？』と心細くなってしまった。もし彼が行けなかったら……と考えたことを知られたくなくて、メルは焦って言葉を続ける。

「そ、その、別に、心配をしたわけでは」

「それに俺は、メルと数日一緒に寝泊まりできるのが嬉しいよ」

そういえばと、メルは今になって気付く。

直前まで、他人と遠い場所まで行くこと、そしてオリアナとパーティーに潜入しなければならないことで頭がいっぱいだったのだ。

おはようから、おやすみまでジェイクと一緒の場所で過ごす。仕事を理由に求愛を避けたいどころか、彼との時間が増えただけなのではないか。

想像して不安になった。ルーガー伯爵が、手を叩いて報告会を締める。

「必要な衣装についても、当日に間に合うようこちらで用意しておこう。きっと小リスちゃんも、見事なメイドさんに仕上がるよ」

そんなことを言われても、メルは不安しかなかった。

ジェイクが、メルを家へと送り届けるべく部屋から出ていった。

そんな二人を見届けたルーガー伯爵は、会社のイベント案件の書類を事務員に追加で持ってこさせた。その部屋から移動せず、まるで誰かを待つかのように。


――コンコン。


しばらく経った頃、控えめに扉を叩く音が上がった。

その遠慮がちな叩き方、そして自分の会社の者ではないことは〝匂い〟でも分かった。ルーガー伯爵は、にやりとすると「どうぞ」と許可した。

入室してきたのは、先ほど出ていったジェイクだった。

「今、お時間は大丈夫ですか？」

「問題ないよ。君は、私に何か話をしたかったみたいだったからね。私としても、ぜひそれを聞きたいと思ってこうして待っていたわけだ」

ルーガー伯爵は、年齢不詳の美しい笑顔を浮かべて彼が来るのを待った。

「戻ってきたのは、エミール殿下の件かい？」

ジェイクが近くまで来たところで、彼は早速本題を切り出した。

「はい。殿下がお疑いになっている手紙のことですが、俺は本人が書いたものであると思うんです。——婚姻の知らせを受けたあとに書いたのなら、尚更、可能性があるかと」

ジェイクは、普段の猫みたいな愛嬌を消して真面目だった。

とくにオリアナが気にしていたのは、最後にもらった手紙だ。

あのあと、ジェイクはその写しを素早く確認させてもらった。内容に問題はなく、礼儀正しく挨拶の言葉が書かれていた。

だが、それでも簡潔すぎたところがあったのも確かだ。

「エミール殿下の性格からすると、そうするかもしれない理由は浮かぶ。しかし、まさかそんな風に思われるとは想定外だった」

ルーガー伯爵は、一つ溜息を落とした。

「婚姻が決まったのだから、挨拶を添えつつ『あとは顔を合わせた時に』とするのが普通なんだけど。『好き』と書かれていなかったのも気にしたんだろうね」

「——恐らくは、あえて書かなかったのでしょう」

「そうだろうね」

「それで実際のところ、代筆の可能性は?」

「ないよ。あの手紙は、エミール殿下本人が書いたもので間違いないと私も思う。そもそも君は、彼と〝同じ気持ちを知っているからこそ〟偽物説を否定したんだろう?」

じっと見据えてジェイクは答えない。

推測が間違っていないからだろう。そして動揺するでもなく、察してくれているのなら話は早いと無駄のない進行を求められているのだ。

「優秀だ、ぜひ私の部下として欲しいよ」

ルーガー伯爵は苦笑した。王都警備部隊の隊長直属の中で、実のところジェイク・ライオネルがもっとも頭の切れがよく迅速（じんそく）だった。

全体をよく見て過不足なく動く。秘密裏の調査をこなしながら通常業務も難なく行い、昨年の任務達成率はトップであったらしい。

だが、わざと誰かの手柄にして公には自分の実績としない巧妙さもあった。

それは今回、護衛騎士の要請を投げた時に分かったことだった。

「それは困ります。俺は、今、ランベルト隊長の部下です」

きっぱり断ったジェイクが、強い意思の宿った獣目でルーガー伯爵を見据える。

「エミール殿下の件、俺に任せてくれませんか？」

「ほぉ」

ルーガー伯爵が、察した様子で面白そうに口角を引き上げる。

「俺は動きやすい立ち位置をキープしていますから、ある程度時間も自由に使えます。蛇公爵の〝畏怖（いふ）〟も受けませんから、彼の指示で動くのにも、もってこいの人材かと」

「君は、現存しているどの種の〝畏怖〟も受けない一族だからね。リーダーとしての種族的性質がそうさせる」

そう言ったルーガー伯爵が、手を楽にしてソファに背をもたれた。

「畏怖を無効化する性質でいえば、小リスちゃんと君はベストカップルだよね」

ぴくり、とジェイクがここにきて初めて反応する。

ルーガー伯爵の獣目が、それを捉えて少し細められる。

「君は賢い。ジークがエミール殿下の件を考えると推測して、『蛇公爵の指示で動くのにも』という言い方をしたんだろう。その提案だって、実に悪くないことだ」

ジェイクを見つめるルーガー伯爵の目が、不意に真剣味を帯びる。

「だが、私は君ではなく、一番優秀なベテランケアサポート員をジークのもとに送るつもりだった。その理由は分かるね？」

「はい。国がかかわっていることだから、ですよね」

「そうだよ。エミール殿下は一国の王子だ。何か問題があっては、婚姻だけでなく今後の国交にも影響してくるだろう。殿下のケアサポート員になるということは、王女殿下以上に大きな責任を強いられる」

うまくやれなかった場合、蛇公爵でもかばえない可能性がある。

「安易な気持ちなら考え直せ、と言いたいわけですね」

「それでもやりたいのかい？」

「そんなこと、百も承知で俺はここへ来ました。けれど同じ気持ちを持っているからこそ、エミール殿下のケアサポートには俺が相応しいとも思うんです。社交には自信があります、お願いします」

頭を下げられて、ルーガー伯爵は困ったように頬をかく。

「どうしてそこまでやりたいのか、理由を聞いてもいいかな？」

「――メルが、気にしているから」

そこで初めて、ジェイクの表情が、優秀な部下から二十五歳の青年へと戻った。ぽつりと言葉を呟く。

案の定か。でも仕方がない。ルーガー伯爵は困り顔で笑った。

「分かった、いいよ。エミール殿下の件は、君に任せよう。ジークには伝えておくから、ケアサポート員として直接手紙のやりとりができるまで、急ぎ持っていこう」

「ありがとうございます」

他国の王族と接する。しかしその畏れや緊張もなく、ジェイクはルーガー伯爵に騎士としての礼を取った。

それから数日後。

ジェイクは、密かにジークの元へと往復する日々を一旦終えた。

　本日もスケジュール通りに部隊員としての仕事もこなし、そして終業時、何食わぬ顔で再び王都警備部隊の隊長執務室を訪れた。

「護衛として出張、ね……。お前、最近、蛇総督とも何やら進めているらしいが……ああ、分かってる。答えられないんだろ」

「すみません隊長」

「その笑顔が逆に怖い。頼むから、王女殿下のところで問題は起こさないでくれよ」

　隊長のランベルトが、溜息交じりにそう告げた。

　ついでにジークの業務も手伝わされていて、今日は一緒に王宮の騎士達を投げもした――なんて言ったら、彼が度肝を抜くのは分かっていたのでジェイクは伝えない。

　明日は、ようやくメルに会える。楽しみにしていた出張だ。

　最後の書類に許可印をもらったジェイクは、不安そうなランベルトを残し、軽い足取りで退出した。

「お前、求愛中って本当か？」

　隊長直属班のフロアへ戻ると、すぐそこに座っていた部隊員に声をかけられた。

「うん、本当だよ」

「へぇ。ライオネル伯爵家の坊っちゃんなのに、ちょっと意外だった」

「上の三人の兄達は、確か見合い結婚だろ」

聞いていた周りの同僚達も「確かに」と賛同してくる。

「それは俺も思っていたところだ。しばらくして落ち着いたら、見合いでも始めるのかと思っていたぞ」

横からそう口を挟んできたのは、治安部隊からの叩き上げの班長ブルマンだ。

王都警備部隊は、獣人族だと家柄のいい男達が多い。種族としての潜在能力の高さで推薦を受け、エリート進出する者もある。

それが嫌で、実力主義の治安部隊から始めて、こちらへ来る者もあった。

ブルマンは、そのうちの一人だ。彼にじーっと獣目で見つめられたジェイクは、周りの同僚達からも同じ視線を受けて答えることにした。

「同期の何人かは知っているけど、俺がここに入ったのも、彼女に求愛できる強いオスになりたかったからなんだ」

入隊した当初から、一人でも巡回を許されるクラスを目指した。

上に昇りすぎたら暇がなくなる。かといって、下すぎると自由が減る。そこそこ中間をキープしつつ、というのもなかなか難しいことではあった。

「わざとキープしてんのは知ってたけど、よくそうやって調整できるよなぁ」

「ライオネル家の奴らって、何かあった時は臨時の大隊を率いる隊長任される、国で三本指に入る騎士家系だもんな」

「マジか。それなのにジェイクさんは、一般部隊員の位置をキープしてんの？」

このフロア所属では、数少ない人族の部隊員が言った。

「それ、隊長に知られたらすごく怒られるんじゃないか？」

「もう知ってるよ。『なんでお前は本気を出さないんだ』って昔、怒られた」

ジェイクは軽く笑った。

ライオネル家は、後継者を目指して子供達が競い合うのが習わしだ。強い者が、最終的には家を継ぐ。

彼は早々に辞退し、父以外の鍛錬の指導者を求めて王都警備部隊に入隊した。

『俺、トップやリーダーを目指したいわけじゃないんです。一人の女の子が、安心して暮らせる〝家〟を守れるオスになりたいんです』

そう伝えてから、隊長のランベルトは何も言わなくなった。

自分達は王都の町の人達を守っているので、そこは真剣に向き合うように、とだけはしっかり言い聞かせられたけれど。

「つまるところ、お前が求愛しているのは、元々知っていた子だったんだな」

なんだそうなのかと、ブルマンが拍子抜けしたように椅子の背に腕を乗せた。

「はぁ。てっきり唐突な出会いで、ロマンスが始まったのかと思ったのになぁ」

「唐突な出会い、と言えばそうだよ」

ジェイクにとって、メルとの出会いはまさにそうだった。

彼女の姿を目に留めた瞬間、全身に歓喜が走り抜けるような運命を感じたのだ。

「なんだと？　それならそう言えよ！　早速聞かせろ」

「ジェイクさんって、意外と自分の話あんまりしないしな。俺も聞きたい！」

「先輩っ、ロマンが始まった瞬間を教えてください！」

ブルマンを筆頭に、フロアが賑（にぎ）やかになった。

獣人族は、『恋する種族』とも言われている。それはあながち間違いでもない。男女関係なく、他人の頑張る恋や、幸せな恋話にも目がなかった。

「出会ったのは、十年前、俺が十五歳の時だったよ」

ジェイクは、思い返しながら話し出した。

「戦闘能力が勝った者が伯爵家を継ぐ、というのがモットーな我が家は、毎年、父の長期休暇のたび訓練用の別邸へと連れ出されるんだけど」

「ライオネル家って、そこんとこ厳しいよな」

「確かその別邸って、個人闘技場みたいな言われ方もしてなかったか？」

「そうとも言われているね。一族の当主が代々継承する『アレン邸』は、まさに戦いを極めるためだけの城のようなものだから」

時々要請を受けて、精鋭部隊の訓練場としても貸し出されているほどだ。

逃げられはしない要塞のような高く頑丈な城壁。冬になると厳しい極寒地獄となる土地の中で、ライオネル家の子供達は文字の読み書きを始めた頃から訓練を課される。

強く、賢く、何者にも屈してはならない。

正義を胸に家族を守り、必要になったら陛下の命を受けて国のための剣となれ。そう教えられ、そして最強の後継者が、次のライオネル伯爵の名を継ぐ。

「あれは真冬の特訓期間だった。父上にぶっ飛ばされて、たまたま城壁の外に出られたんだ。もうこれ以上は無理だと思った。このまま死んだ方がマシだと、ボロボロの身体を引きずって歩いて、雪の上に倒れ込んだ時――八歳の彼女と出会ったんだ」

運が良かったといえば、そうだったのかもしれない。

ジェイクは、彼女に出会えた縁で、当時の何もかもを許せた。

たとえば、大嫌いだったライオネル家の家訓。暴力のごとく鍛えてくる父、戦えと強要してくる兄達、当然のように訓練に放り込む母――。

その厳しい家訓の下に、深い家族愛があっただなんて気付いてもいなかった。

あの後、父や、兄達が、必死になって自分を捜してくれただなんて――あの時、死んでいたら気付かないままだっただろう。

『間に合いませんでしたあああっ！』

ちょうど倒れ込んで目を閉じた拍子に、そう叫ぶ女の子の声を聞いた。

ボロボロになった彼が歩いてくるのに気付いて、向かってきてくれたらしい。十五歳のジェイクが目を開けると、肩で息をする彼女の姿があった。

『ごめんなさい受け止めきれなくってっ』

こちらを心配そうに覗き込んできた彼女。その大きな黒い獣目いっぱいに自分を映し出されて、ジェイクは一瞬呼吸が止まりそうになった。

近くまで馬車で来ていたようで、その腕にはたくさんの木の実を抱えていた。

匂いでリス科の獣人族だと気付いた。寒さにも弱い種族なのに、めいっぱい着込んで冬を楽しんでいる様子も、目に眩(まぶ)しくて。

「ふふっ。彼女、雪で鼻が利かなかったらしくって」

思い出し語ったジェイクは、当時、まだ獣耳があった頭の上に片手をやった。

「俺のことを、狸(たぬき)種かなんかだと勘違いしたみたいなんだよねぇ。持っていた木の実を、あげるって言われて、最後はポッケに詰められた」

「ライオンなのに!?」

「そう。面白いよね」

ジェイクはくすくす笑った。その笑顔は、不意にとても優しいものに変わる。

「でも——それが、全ての始まりだったんだ」

世界に、色と音がハッキリと付いた気がした。もう動けないと思っていたはずなのに、彼女の姿を見た途端、ボロボロになった体中に力が漲ってくるのを感じた。

それは、出会えた、という全身を駆け抜けた高揚感。

そして感じたことのない〝強い喜び〟だった。

「駆け寄ってきて、大丈夫かと俺に話しかけてきたんだ。父にボコられて教育されただけだと教えたら、心配そうな顔をして『頑張ったんだね』って、よしよし頭を撫でてくれてさ。その姿が、とても愛らしくって」

と、そこでジェイクの表情が引き締まった。

「股間にきた」

一目惚れの瞬間を、彼は一言でまとめた。真面目に言い放たれた言葉で、場の空気が一瞬にして凍えた。

「おい、やめろ。せめてその字を伏せて、別の言葉で言い表せ」

ブルマンが、引き攣り顔で注意した。

「班長の言う通りだよ。動物的すぎるだろ」

「結局のところ、一目惚れなのかどこで惚れたのか分からなくなってきた」

「それにさ、お前、それ一見すると八歳の幼女に興奮する十五歳の男っていう、とんでもなく危ない構図だからな?」

同僚達の言葉を聞きながら、ジェイクはくすりと笑った。

次から次へと出されていく意見に取り合わず、気紛れな猫みたいに、彼は片手を振って彼らの間を歩き出す。

「じゃ、俺は明日からしばらく出張だから、その間よろしく」

ようやく再び言葉を交わせるようになった、メル。

ここ毎日ずっと一緒にいたせいか、寂しがって頼ってもくれた。怖がらせない。彼女の支えになりたい、もっと笑って欲しい……。

ジェイクは、三日ぶりに彼女に会えるのが、楽しみで仕方がなかった。

三章　まさかの遠出と出張仕事です

ルーガー伯爵のもとで報告を行ってから、三日。

メルは、ジェイクとオリアナ王女殿下と一緒に、護衛小隊同行のもと王都を出立した。

馬車で一晩かけ、マリテーヌの町へと入った。美しい湖も数ヵ所存在している、緑豊かな別荘地帯としても知られる土地だ。

そんな風景を眺めながら、馬車は真っすぐ王族療養地へと向かった。

ザイレと呼ばれている、背丈の低い観葉樹群。そこを抜けると、より明るい緑の大地に屋敷が建っていた。

――王族専用、マリテーヌ別邸。

マリテーヌとは、この領地を与えられた王妃から付けられた名前だ。王妃が、春先や夏の暮れ、そして公務の休みに療養で過ごす場所になっている。

「私も、兄様達とよく来るのよ」

オリアナが明るい笑顔で教えてくれた。しかしメルは、壮大な王族別邸を前に、現実感が追い付かずぽかんとした表情を浮かべてしまっていた。

そこは別邸というより、離宮か宮殿といった方が正しい気がした。

広い玄関へと続く螺旋階段、その正面には贅沢な庭園が広がっている。切妻屋根は頂部まで美しい尖塔がいくつもあり、彫刻は繊細な美を演出して素晴らしい。

「こ、これで一家族分の別荘扱い、ですか……」

スケールの違いに圧倒された。

今日から、メルはここでメイドとしての基本作法を身につける。そしてジェイクは、男性使用人に扮するために所作を学ぶことになっていた。

協力にあたってくれる参加者は、当日に到着する予定だ。

家族を置いて単身で遠出、というのは初めてなので緊張する。

「立派な場所だねぇ」

別荘を任されている少ない使用人達が、護衛小隊と一緒になって荷物を運び入れていく。そんな中、ジェイクがそばで屋敷を眺めてそう感想を言う。

メルは、彼をちらりと上目に見上げた。

ここを発つのは、パーティーの翌日の予定だった。つまりそれまでは、彼ともこの屋敷で滞在することになる。それにも不安があった。

淑女としては、年頃の異性と寝泊まりする状況にも落ち着かない。

「いつも君を送り届けて帰らなくちゃいけないけど、今日からしばらくは、同じ屋根の下の寝泊まりだから、俺は楽しみでいっぱいだよ」

「あの……、私、まだ婚姻活動はやっていませんからね？」

ひとまずメルは念を押しておく。ケアサポート員として従事しているので、今のところ獣人貴族の礼儀作法として、求愛への対応などは考えなくていい。

ジェイクが、楽しみを増した魅力的な笑顔をメルへと向けてきた。

「仮婚約してくれるように、オスとして色々とアピールすることはできるよ」

「色々ってなんですか!?」

メルは咄嗟に距離を取った。しかし、それに追い付く速さでジェイクの片腕が腰に回され、驚く間もなく彼の方へ引き戻されていた。

近くから甘く目を合わされ、呼吸が止まる。

こんなにも異性に近付かれた経験なんて、彼以外にはなかったから。

「たとえば、君をメロメロにする、とか」

ジェイクが、メルのシナモン色の柔らかな髪をすくい、キスを落とした。

その美しい獣目はメルだけを見つめている。身体の一部に口付けられて熱が移ったみたいに感じ、頬がかぁっと赤くなった。

「可愛いね、メル」

こ、こっ……この女性慣れした軽い仕草はなんですか――っ!?

その時、屋敷に入っていたオリアナが、外へ戻ってくる足音が聞こえてきた。

それを獣人族の聴覚で拾った瞬間、この状況に猛烈な恥ずかしさを覚えて、メルは慌てて彼を両手で突っぱねた。

「もう放してくださいっ。こういうことをさらっとやるだなんて、信じられませんっ」

「君相手だからだよ。髪に少しキスしただけじゃない」

オリアナのところへ向かい出したメルに、ジェイクはくすくす笑いながら言ってくる。おかげで頬の赤みが、なかなか取れてくれない。

様子を窺っていた兵達が、なるほどと納得して二人から目を離す。

メルはオリアナが出てくる場所を目指しながら、悶々と思った。どうして唇で髪に触れたのか。初心な彼女のイメージでは、紳士は簡単にそんなことはしない。

そもそも、なんで彼は、私がいいのでしょうか？

ふと疑問が込み上げる。女性として魅力的ではないと自覚しているメルは、隙あらばアピールしてくるジェイクに、日増しその思いが膨らんでいった。

◆

「好きだからじゃない？　そもそも、それ彼に聞いたの？」

「いえ、直接尋ねてはいないんですけど……」

マリテーヌ別邸に来て三日目。午後の早い時間、メルは同性であるオリアナに悩んでいることを打ち明けた。

オリアナは、四人掛けのソファに寝転がって読書していた。友人のようにいつもそばにいたがって、今日も彼女の部屋でメルは作法を学んでいるところだ。

「ふうん。まぁ、でも、求愛でこんなにアピールしているとは思わなかったわ。彼、王宮で見掛ける時は『誰にでも優しい護衛さん』って感じだったもの」

それが第一印象というのが意外だった。女性慣れした軽い感じのイケメン軍人……がメルのイメージだ。

読んで確認していた使用人のイロハの教本を、口元にやって考える。

その時、衣装の整理をしていたメイドの一人が、冷静を装いつつもそわそわと口を開く。

「ところでメル様、お聞きしたいことがあるのですけれど」

「はいっ、なんでしょう?」

オリアナの近くに置かれた椅子の上で、メルは反射的に背を伸ばした。

尋ねた彼女以外のメイド達も、手を止めて注目しているのに気付いて緊張する。

広々とした室内では、数人のメイドが仕事にあたっていた。そのかたわら教えてもらっている状況なのだが——王城にいるオリアナ専属のメイドと同じく、メルよりも身分が高い女性達なので畏れ多い。

「王都警部隊のジェイク様との馴れ初めは、どのようなものだったのです？」

「へ？」

なんでもない質問で拍子抜けした。そういえば、ここへ来た時に『求愛してきている相手なんです』としか説明していなかった。

「えぇと。成人した日に、いきなり家に来て婿入り希望で求愛されました」

「えぇっ！　それが彼との出会いだったの？」

オリアナが目を丸くする。

けれど大人のメイド達の方からは、羨望の溜息がもれた。彼女達は、獣人族の恋にロマンを抱いているところがあった。

「ジェイク様って、意外とストレートで熱烈な部分をお持ちのお方なのですのね」

「ギャップがいいですわね。物腰柔らかで、お堅い紳士のイメージが強かったですもの」

「えっ、紳士ですか？　あのジェイクが？」

「はい。わたくし達の親切に対しても『結構ですよ』と、笑顔で去っていくお方でしたから」

それはメルには意外な話だった。

ジェイクは、普段から詰めてくる距離がおかしい。居合わせたら、そばに付いてしつこく構う人懐っこい大型の猫みたいだったから。

「メル様への突然の求愛も、恋を夢見る獣人族特有のものかしら？」

「きっとそうですわよ。成人後すぐの求婚だなんて、ロマンチックで羨ましいですわ」

「ちょっと、あなた達落ち着きなさいな。突然家に上がられたら、びっくりするだけよ」

オリアナが、可愛らしく片頬を膨らませて口を挟んだ。メルのことを余程気に入っているのか、ジェイクよりメルの肩を持つ。

「獣人族の相性云々は分からないけれど、私なら、安心できる人がいいわ」

「安心、ですか？」

「そうよ」

オリアナが迷いもなく答え、本を片手に寝転がってメルを見てくる。メイド達が、困ったようにスカート部分にタオルケットをかけた。

「だって、夫婦になるんですもの。ずっと一緒に生きていく人なんでしょう？　だったら私は、緊張しない相手で、好きと思える人を、自分の運命の人だと考えるわ」

その言葉は、深くメルの胸に響いた。

メルは、多くの獣人族が憧れる〝運命の恋〟とやらは考えたことがない。好きだと思える人と結婚して、領地で幸せにやっていけたら、それでいい――。

人族であるオリアナの意見は、まさに彼女が思い描く理想の夫婦像だった。

「『ずっと一緒にいたいくらい好き』って思える相手なら、そばにいて辛くなることなんてないはずよ。だから、そう思えて安心できる人が、一番の結婚相手なのよ」

十五歳なのに立派だ。

メルは心打たれると同時に、彼女の内心を推測して切ない気持ちになった。

「オリアナ様。もしかしたら、会ってみたらエミール殿下もきっと――」

「そんなの分からないじゃない」

オリアナが過剰反応して、即否定してきた。

「相手は、一国の王子なのよ。この縁談は国にかかわることなの。会ってからじゃ、『やっぱり結婚なんて無理です』とかできないんだからっ」

案の定、それはエミール殿下に抱いた密かな恋心からだったらしい。オリアナが胸を痛めた表情で、ソファのクッションを抱き寄せた。

「……いきなり、大きな声を出してしまって、ごめんなさい」

「いえ、私は大丈夫ですよ」

「ここはお城じゃないから、正直に言うわね。……私にとって、本当にとても素敵な文通の相手だったの。だから、怖いのよ。もし偽物だったらと考えたら」

居ても立ってもいられず、こうして探りを入れて調べたくなるくらいに。

『最後に来た手紙は、まるで別人みたいだった』

今後の国同士の繋がりと、信頼関係にもかかわってくる王族同士の結婚だ。オリアナは、代筆を疑っている。

だが、ジェイクが呟いていたように、何か理由があったのではないのか？

今回の縁談を、陛下は獣人族にも協力を仰いで大切に決めてくれたことだろう。

手紙を書いたのは、エミール殿下本人だ。そう信じて、メルはオリアナの不安が少しでも解けるよう、今できることを頑張ろうと臆病な自分を奮い立たせるように思った。

◆

マリテーヌ別邸での滞在が始まってから、メルはメイドの作法を確認していった。オリアナは姉でもできたみたいに毎日楽しそうで、読書に誘ったり、三食の他にもティータイムで菓子を共にした。

メルはタダ飯滞在なんて申し訳なくて、合間に屋敷仕事を手伝った。

別邸には多くの女性使用人達の他、少ない男性使用人が仕事にあたっていた。一緒にマリテーヌまで付いてきた護衛小隊も警備している。帰るまで共同生活だ。人見知りをこらえ、できるだけ交流も取った。

そのかたわらでジェイクは、男性使用人達に作法を学ばせてもらっていた。

騎士の作法はばっちりなので、集中して取り組めば数日で完璧になるだろう——だが、暇があればいつもメルのそばにいた。

「俺は君の騎士だもの」

ジェイクは相変わらずだった。優先して堂々とメルをエスコートし、食事の席では隣に居座り、時間があれば移動する時もぴったり寄り添いそばを陣取った。

そして滞在五日目。

とうとうティータイムにまで同席され、オリアナが叫んだ。

「求愛中の獣人を止める法律はないのかしら!? ああもうっ、私とメルの女の子タイムが邪魔されてる！」

ここ数日で、メルはなぜかよりオリアナに気に入られてしまっていた。これまで、こんな風に話せる同性の友人がいなかったからだろうと、メイド達からは聞いている。

そんなオリアナが怒るのは、もっともだ。

毎日の楽しみになっていた午後のティータイムで、先ほどからジェイクばかりがメルに菓子を勧めていて、『メルどうぞ☆』のタイミングを取られ続けている。

「ちょっとジェイク！　少しは私に遠慮したらどうなの!?」

「俺のお姫様は、メルだけだから無理ですよ」

ジェイクが言いながら、そっとメルの手を取る。

あまりにも自然な流れだったから、メルは反応するのに遅れた。えっ、と思って目を向けた時には、ちゅっと指先にキスをされてしまっていた。

「みっぎゃあああああああ!?」

「ふふっ、まだ慣れないの？　社交の挨拶でもあるのに。じゃ、次はお菓子に行こうか？　はい、あーん」

甘く微笑んで、彼が唇に菓子を近付けてくる。

「そ、その流れで食べると思っているのですか!?」

しかも『はい、あーん』とか恥ずかしすぎる。メルは頬の熱が引かないまま、ぶんぶん首を横に振った。

「ちょっと！」

オリアナが、不意に叫んで立ち上がった。

「それは私がやりたいわ！　リスみたいで可愛いもの！　だからメルを私に寄越しなさい！」

「え～、殿下は求愛中の俺に、少し遠慮して欲しいです」

「あなたがメルばっかり構うから、私が構う時間がどんどん減っているのよ!?」

私は王女なのにと、オリアナは悔しそうに地団太を踏んだ。

周りで見ているメイド達は苦笑いだ。でも行き来する他の使用人も含めて、元気な王女殿下の姿を嬉しそうに見守っている。

「殿下、あとでご一緒にメル様のメイド衣装を合わせるのでしょう？」

「はっ、そうだったわ！」

最年長のメイドが、殿方の入れない一件を出して落ち着かせる。

メルは恥ずかしさを紛らわせようと、紅茶を少し口にした。するとジェイクが、にこやかにオリアナとメイドへ視線を投げた。

「俺は全く恥ずかしくないですから、招かれたら喜んで一緒に拝見させて頂きますよ」

「ごほっ」

メルは、手元のティーカップを揺らして小さく咽(むせ)た。同じくオリアナが顔を赤くして、すかさず怒る。

「なっ、そんなことさせるはずがないでしょう⁉　破廉恥(はれんち)です！」

「よこしまなことを考えなければ、破廉恥でもなんでもないですよ。堂々としてこそ、男で、紳士というものです」

確かに勇者だ――という空気が、警備中の護衛兵の方に漂った。

でも女性のメル達は、何がなんだかよく分からない。

「少なくとも下着姿ではないですし、肌着は着ている状態でしょうから、女の子同士で恥ずかしくないのと一緒ですよ」

「全然違います！」

メルが咄嗟に叫び返したそばから、メイド達もさすがに黙っていられなかったようで「その時点でもうだめなんですっ」と援護する。

だがジェイクは涼しげな顔だ。ゆったりと足を組んで、ティーカップを手に取る姿は、部隊員というより一人の美しい令息だった。

「俺は、純粋に彼女のファッションショーを楽しみたいだけですよ」

「そこまでしてメルを構い倒したいの!?」

「護衛騎士の特権かと」

ムキーッと反論したオリアナに、ジェイクは悠々と答えた。

「こう見えて、俺はファッションセンスにも自信がありますよ。俺を参加させません？」

「させませんっ！」

メルとオリアナと、珍しくメイド達の声が重なった。

一定の年齢になったら、兄弟とでさえ着替えを分けるのだ。ジェイクは最近出会ったばかりの王都警備部隊員、そしてきちんとした伯爵家の令息でもある。

彼に見られるのを想像したら、メルは赤面を隠せなかった。

「け、結婚前の淑女の着合わせを見ても平気だなんて、信じられませんっ」

年頃の男性は、異性の衣服の乱れが〝だめ〟らしいとは淑女教育で耳にした。それは男性が脱ぎ出したら、メル達が大慌てで逃げるのと近いのだろう。

それなのに、彼は私のを見ても平気なのですか？

するとジェイクが、恥ずかしがって震えているメルを真っすぐ見た。その金茶色の獣目が、甘く細められる。

「君が、特別だからだよ」

――でも、どうして〝それ〟が私なの？

父や母が見るみたいに、よこしまな思い一つなく見守れるということなのか。

赤の他人なのに、変な気を起こさないくらい……？

それはメルに魅力がないだけな気もした。ジェイクにとって『特別』なのが、そもそもなぜなのか分からなかった。

ずっと、そのことが頭の中にあったせいか。

ようやくその日を終えてベッドに入っても、メルはなかなか眠れなかった。

家ではない緊張もあるせいだろう。いつもそうなので本日も頑張ってみたものの、月明かりが差し込むだけの薄暗い天井を見続けても眠気はこない。

喉(のど)の渇きも覚えていたので、諦(あきら)めて一階で水をもらうことに決めた。

ゆったりとした就寝着の裾(すそ)を揺らしてベッドから下りる。廊下に人の姿がないのを確かめて部屋の外へ出たところで、隣の部屋の扉が開いてびっくりした。

「どうしたの？　まだ場所に不慣れで、眠れない？」

ジェイクが隣の部屋から出てきた。第一ボタンが開けられたシャツ、ズボンは帯剣用のベルトも外されている。

警戒心が強い種族だと、場所によって眠りが浅くなることもままある。

メルも確かにそうだ。しかし、確信を持って推測してきたことにもムッとする。

「場に慣れないのは認めます。けれど、どうしてここであなたが出てくるんですか？　もしかして、ずっと起きて――」

「夜行性な種族だから、夜はとくに〝耳〟がいいんだ」

ジェイクが、身の潔白を証明するように自分の耳を指差した。

「お水、飲みに行くの？」

「え？　あの、その」

「俺もちょうど喉が渇いたんだ。一緒に厨房にもらいに行こうか」

流れるようなスマートな気遣いで、断れない。押し売りにも対応できない非社交的な種族なのにと思いながら、メルは泣くなく頷いた。

歩き出そうとしたら、彼が手を差し出してきた。

「俺より、夜目が利かないでしょ。不安なら握っていてあげる」

どうして彼は、こんなにも優しいのでしょう？

不安があったメルは、ハッと手を胸に留めて首をふるふると横に振った。赤の他人である彼に、そこまで面倒はかけられないと思った。

静まり返ったマリテーヌ別邸を、二人で並んで歩き出す。

二階は、バルコニーから月明かりがたっぷり注いでいた。窓際の階段から一階へと下り、使用人通路を経て、厨房へ入ってみると仕込みをしているコック達がいた。

「おや、これはジェイク様とメル様。いかがされましたか？」

理由を話すと、親切にもグラスに水を注いでくれた。喉を潤した後、おやすみなさいを告げて、メルはジェイクと来た道を戻った。

再び二階に上がると、厨房と打って変わった夜の静けさがあった。

月明かりが差した廊下を、二人で進む。

「まだ眠れそうにないのなら、少し風にでもあたる？」

不意に投げられた提案に、ドキッとした。ちょうど、メルは密かにバルコニーを思い浮かべていたところだった。

水と夜目に続いてドキドキさせられ、咄嗟に頬を膨らませた。

「どうして私のこと、しょっちゅう分かるんですか？」

ジェイクが小さく笑った。

「分かるよ。俺は君が好きで、ずっと見ているんだもの」

月明かりがあたる彼の金茶色の目が、魅力的で頬が熱くなる。どうして彼は、こうもストレートに好意を伝えてくるのだろう。

慣れず恥じらっていると、ジェイクに手を取られた。

「こっちだよ。この時間、お気に入りの場所があるんだ」

向こうを指差した彼の優しい笑顔を見ていたら、エスコートなんてしなくていいと言えなくなった。その手を振り払えず、一緒にバルコニーへと向かう。

「お気に入りって、いつも深夜に部屋を抜け出していたんですか……？」

「俺は夜行性の気質があるからね。普段は閉められているらしいんだけど、護衛小隊も警備しているから、どうぞって解放してもらったんだ」

夜も風の通りがいいと思っていたが、こちら側のバルコニーの窓が開けられていたのは、そんなはからいがあったかららしい。

部屋へ行く手前にあるバルコニーへ立ち寄った。

ジェイクは扇状になっている柵(さく)へメルを導くと、手本を示して外の風景を覗(のぞ)き込む。

「深夜、こうして寄りかかって、少し夜空を眺めるんだ。それが、俺の『お気に入り』」

そう話す彼を見つつ、メルも柵に寄りかかった。

白い柵の向こうは、自然豊かな夜の風景が広がっていた。

ザイレの観葉樹群が、月光に照らし出され細かな光を放っている。そこから運ばれてくる風が、薄地のカーテンを大きく揺らす音を聞くのも心地いい。

どこまでも静かだ。こうして眺めていると、領地の大自然を思い出す。

「メルは、王都で見る景色より、こっちの風景の方が好き？」

唐突に尋ねられてドキッとした。

目を向けてみると、柵に腕を乗せジェイクがこちらを見ていた。優しい眼差しで返事を待たれて、なんだか視線を絡めたままでいられなくなる。

「そう、ですね。とても落ち着きます」

メルは言い訳のように答えながら、風景へ目を戻した。

「そうか。俺もだよ」

本当に？

ただいいように返事をしただけなのではないか、と疑念が頭を過ぎる。メルは自然に囲まれたこの景色が好きなので、共感の言葉を返されれば嬉しい。

でも、彼は名門伯爵家の獣人貴族だ。好意があるから、こうして誘ってメルのことを考えて付き合ってくれている。

——でも、もしその返答が本当のことだとしたら？

ふと、善意である可能性を考えてみた。行動は軽々しいけれど、ジェイクは気配りもよくできて、メルも彼のさりげない気遣いや言葉に救われていた。

「どうして、私なんですか？」

一方的に求愛を避けているのが、悪いように思えてきた。とくに今日よく考えてしまっていたことをぽつりと尋ねたら、すぐに返答があった。

「君が好きだからだよ」

聞こえてきたのは、とても優しい声だった。見なくとも、彼がどんな表情をしているのか分かった。

メルは見つめ返せないまま、柵に置いた手をぎゅっとした。

「私は美人でも、器量がいいわけでも、貴族として地位の高い獣人貴族でもありません。それなのに、婿入りを希望するだなんて……」

「俺にとっては、君以上に愛らしい女性なんていないよ」

歯の浮くような台詞（セリフ）だった。

けれどメルは、横顔に感じる視線にもぞもぞしてしまった。なんだかいつも以上に空気が甘く思えて、胸の鼓動が自然と速まった。

「あのっ、私は社交界のキラキラとした暮らしを望んでいないんです」

漂う空気に流されまいと、牽制（けんせい）するように現実的なことを突き付ける。

「手を取って、一緒に頑張って……。苦労があったっていいんです。互いに、懸命に支え合っていければ、私はそれで幸せで、満足なんです」

獣人貴族として、マロン子爵家が大きくならない理由。

一族は昔から、領民とささやかな暮らしの中での、生きる幸せを分かち合うことに喜びを見（み）

出していた。

その血は、メルにもしっかりと受け継がれている。

必要最低限の社交。王都に来るのも、必要があって年に数回だけ――。

格式の高い獣人貴族とは、全く違う世界だ。いいところへの婿入りを考えているのなら残念ながら期待できないし、それなら今、メルのことを諦めるべきだ。

柵をきゅっと握り締めた時、ふっとジェイクの笑う吐息が聞こえた。

「俺ね、君のそういうところが好きなんだ」

そういうところ……？

よく分からなくて、メルはおずおずと目を上げた。優しく微笑んでいる彼の視線とぶつかった瞬間、直前までのもやもやしていた感覚も吹き飛んだ。

月の光を受けたジェイクの微笑みは、もっとずっと柔らかく見えた。甘く蕩けてしまいそうな眼差しは、情熱的な煌めきを宿しているようにも感じる。

「そんな君を、俺は強く守れる夫になりたいんだよ」

ぼうっとなって見つめていたメルは、ジェイクに優しく手をすくい取られ、慌てて彼の綺麗な獣目から視線をそらした。

「あの、私は、別に強い人を望んでいるわけでは――」

「メル」

温かな声に名前を呼ばれて、見ずにはいられなくて顔を上げた。

ジェイクが、とても優しい表情でメルを見つめていた。包み込んだ手をそっと持ち上げられ、月明かりの下で見つめ合う。

「俺に、君と、君が大切にする全てを守らせて」

「私が大切にするものも、全部……？」

「うん、そうだよ。そして、一緒に頑張っていこうよ」

ジェイクの笑みは、それが全て本当だと思ってしまいそうなほどの深い愛情に溢れている気がした。

強いから『守られていろ』『自分に任せておけばいい』ではなく、彼は全てを守るから、安心して〝一緒に頑張っていこう〟と言っているのだ。

思い描く理想も希望も、彼の言葉はあっさりと飛び越えてきた。

熱い何かが胸に込み上げた。でも、確かめる以前に彼の顔を見られなくなる。一体どうしたのか、メルは自分でも分かるほど挙動不審になった。

「へ、部屋に戻りますっ」

忙しく目を泳がせた彼女は、熱くなった顔をそむけ逃げるように踵を返した。

「もう眠れそう？　なら、俺が部屋まで送――」

「一人で戻れますから！」

後ろから足音が聞こえた瞬間、メルは見事な〝逃走〟でその場をあとにした。

◆

部屋に戻ったあとも、小さくドキドキが続いた。

理想が浮かぶたびに、それを語った彼と重なりそうになって慌てて頭を振る。

一晩経っても、二人で過ごした夜のことが頭から離れなかった。ふっと思い出しては、一人無性に恥ずかしくなった。

『君と、君が大切にする全てを守らせて』

あの夜、問われた言葉を意識してそわそわした。

けれどジェイクは、あの時の返事を求めてこようとはしなかった。

会うと普段通りで拍子抜けした。構ってと甘えるみたいに話しかけてきたが、結構大事だったように思えた月明かりの下の会話の件は、一切口に出してこない。

もしかして意識しているのはメルだけで、彼にとってはなんでもないいつものアピールの一環だったのだろうか。

そう思ったら、メルも身構えていた身体から緊張が抜けた。

「ねぇメル、あとで庭園に散歩に行かない？」

「そんなサボりの誘いには乗りません」

おかげで翌々日には調子が戻って、メルはつーんと澄まして答えた。

「私は明日のために、これからオリアナ様のメイドさん達と会う約束があるのです」

「ふふっ、じゃあ夜の散歩でもいいよ」

「淑女はそんなことしませんっ」

夜に異性と密会するなんてと、メルは恥ずかしくて言い返した。以前と同じく怒る様子を、ジェイクが優しく見守る目で微笑ましげに見つめていた。

そしてその翌日、予定されていたパーティー当日を迎えた。

早めの昼食を済ませたのち、メル達は身支度に取りかかった。

メルは、畏れ多くもオリアナと一緒にメイド達の世話になった。オリアナは同行する令嬢として目立たないドレスを。メルは、メイド衣装に身を包んだ。

「まぁっ。メル、すごく可愛いわよ！」

「姫様のおっしゃる通りですわ。アレンジした甲斐(かい)がありましたわね」

メルは、そんな感想の声を聞いてもじもじとする。

「……普通で、良かったのですけれど」

メイド衣装は、可愛らしさと品のあるロングスカートとエプロンだった。首回りもフリルのデザインがアレンジされ、ふんわりとしたシナモン色の髪に映えるよう凝った作りになっている。

華奢(きゃしゃ)なメルのイメージにぴったりな特別仕様だった。普段から髪を上げない彼女のため、横髪を少し留める感じで、頭には花飾り付きのヘッドドレスがされている。

どこからどう見ても、立派なお屋敷メイドだ。

「この花飾り、私の胸のところのデザインと揃(そろ)えたのよ」

「あ、本当ですね」

「ふふっ、お揃いなのが嬉しいわ。作ってくれたマルベネッタには、感謝しかないわね」

友達とお揃い、みたいで嬉しいのかオリアナは楽しそうだった。

マルベネッタは、王女付きメイドの世話係筆頭だ。衣装と共に、先日到着していた衣装担当の者達と揃って頭を下げた。

「姫様に喜んで頂き、このマルベネッタ、王都から駆け付けた甲斐がございましたわ」

メルとしては、身分の高い貴婦人に頭を下げられて緊張にどぎまぎした。

姫様ことオリアナは、普段表に出る際の〝オリアナ王女殿下〟としての姿から、ガラリとイメージを変えていた。

一般令嬢の余所(よそ)行きドレスと、元気な印象の子供っぽい二つ結び。そして流行(はや)りの鍔広(つばびろ)帽子を、斜め前へ下ろすようにセットして半ば顔を隠した。

会場は別館内外となっているので、帽子や外套(がいとう)を身につけていても問題ない。

「さっ、行きましょう！」

元気なオリアナに連れられて、メルはメイド達と共に玄関へと向かった。

そこには、すでに男性使用人達に案内されてジェイクがいた。気付いて振り返った彼の金茶色の獣目が、ふっと柔和な線を描いてメルはドキリとした。

蝶ネクタイまできっちりと着こなしたジェイクは、軍服とはまた違った素敵な印象だった。

「メル、とても可愛いよ。頭の飾りも、とても似合うね」

相変わらず彼は、恥ずかしげもなく言ってくる。

子供みたいに思われるくらい色気もないし、美人でもない。ただの社交辞令だと思うものの、メルはみるみる顔が熱くなって目を伏せた。

彼は、どうして王女で美少女なオリアナではなく、真っ先にメルを見てくるのか。

「ジェイクの方が、全然さまになっているではないですか」

よく分からないくらいに胸が高鳴って、咄嗟に可愛げもなく言い返した。

すると、ジェイクが蕩けそうな微笑みを浮かべてきて、メルは心臓が跳ねた。

「な、なんですか。私、何か変なことを言いましたか？」

「俺のこと、ジェイクって呼んでくれたね」

「あ」

彼が名前で呼んでくるから、ついメルも口にしてしまっていた。深い意味はない。でも自然と名を呼んでしまったと知られたら、とても恥ずかしい気がしてきた。

「あ、あなたがそう呼べと言ったんじゃないですか。だから、呼んだんです」

「うん、言ったね」

ジェイクが前に立って、にこにこしてメルを見つめる。

「あの、ずっと顔が笑っていますけれど」

「ごめんね。でも、嬉しくって」

「なんで嬉しがるんですか。名前を呼んだだけなのに」

名前を口にしたことをより意識してしまって、じわじわと赤面した。軽く睨みつけても、かえってジェイクは目を嬉しそうに細めてきた。

「それでも、嬉しいんだよ。ありがとう」

なぜか礼を言われ、手を取られた。そのままジェイクは、流れるような仕草でメルの手の甲に口付ける。

ちゅっと彼の唇が触れるのを感じ、メルは「ひぇっ」と羞恥に固まった。

つい唖然と見守ってしまっていたオリアナが、ハッとしてメルを取り返す。

「ちょっと！　メルは〝内気〟なんだから、加減しなさいよっ」

ただの臆病な種族なんです。

メルは内心泣きながら思った。けれどそれを『内気』と口にしたのも、オリアナ本来の優しさからきていると分かって感動もした。

「それに、普段から『メルの騎士』とか言っているのに、王女である私への感想が一つもないってどういうこと？」

「俺はメルだけの騎士で、俺にとっての姫はメルだけですよ、殿下」

「ケチね。一般論くらいの感想でもいいじゃない」

オリアナはぷんぷんしたが、それでもジェイクは、にこっと笑うだけで彼女の衣装については口にしなかった。

まるで『君だけが特別だから』と、言葉だけでなく態度でも示しているかのようだった。メルはそんな二人のやりとりにもドキドキしてしまって、口を挟めず困った。

その時、到着予定の馬車が別邸敷地内に入ってきた。

それは豪華な黒塗り馬車だった。どこかで見覚えがある家紋のような……と思いながら玄関前に停まるのを見届けたメルは、そこから下車してきた人物にあんぐりと口を開けた。

それは、あの若き軍部総帥アーサー・ベアウルフだった。

「久しぶりだな」

アーサーが、溜息をこらえた表情でメルとジェイクへ言った。

総督のジークから協力要請があり、今回、ベアウルフ侯爵家の嫡男としてパーティーに参加することになったという。

護衛での抜擢だ。軍服ではなく貴族の紳士衣装を着た彼が、騎士としての礼でオリアナに挨拶する。彼女が王族らしく許可して、頭を起こさせた。

「オリアナ王女殿下、今回、俺が護衛の第一責任者を務めさせて頂きます。ベアウルフ侯爵家の代表としての参加名目で、あなた様の会場入りを手助け致します」

「分かりました。よろしくお願い致しますわ」

直立すると、アーサーはやはり驚くほど大きな男だ。見上げているオリアナが幼子ほど小さくも見えたが、彼女は平気なのか笑って答えていた。

「すごく楽しそうですし、これからの潜入調査のせいでしょうか……？」

オリアナが、アーサーのエスコートを受けて乗車する。それを見守りつつメルが首を捻ったった時、ジェイクがそっと教えてきた。

「不思議なことに、王族は、獣人族の〝血の強さ〟に全く畏れを覚えないらしい」

「え？　そうなのですか？」

「うん、そういう特殊体質らしいよ。ある意味、この国の王に相応しい方々だよね」

魔力持ちでもないし、その明確な理由はいまだ解明されていないらしい。

それでもメルは過ごした中で、オリアナの種族を分け隔てない広い優しさや、見ているところまで明るくなるような気高い魂の輝きのようなものを感じていたので、ジェイクの意見には頷けた。

それから一同を乗せた馬車は、パーティー会場へ向けてマリテーヌ別邸から出発した。

◆

マリテーヌ別邸からほど近く、別荘街の一角に人族貴族バーモット侯爵邸があった。

パーティー会場は、彼の趣味である芸術品を置いた離れの別館一帯である。新しく輸入した芸術品の紹介も楽しみに、聞き付けた貴族らも集まって大盛況だった。

入場口で案内をしていた係の者が、不意に雰囲気を引き締める。

周りにいた獣人貴族達も、ゾワッと本能で察知して素早く振り返ってきた。

その視線の先で、アーサーがロングコートを揺らし、少し俯いたオリアナを腕でエスコートして向かう。その後ろに、お付きの使用人としてメルとジェイクが続いた。

「よ、ようこそいらっしゃいました！　まさか軍部総帥様に参加のご希望をいただくとはと、我が主もお喜びになっておられました」

係の男が、どうにか怯えを笑顔の下に抑えて声をかけた。

アーサー達と共に入口で立ち止まったメルは、そこから見えた屋敷の中の光景にくらくらした。一級品の芸術品が数多く展示され、行き交っている貴族達も高貴一色だ。

「父が世話になっている。その代わりだ」

「いえいえっ、代わりだなんてとんでもないっ」

「早速だが、バーモット侯爵に挨拶をしたい――通っても構わないか？」

アーサーが、腕に手を添えているオリアナへ注意がいく前にと切り出した。金緑の獣目でジロリと見下ろされた係の者は、機嫌を悪くしたとでも勘違いしたらしい。

「も、もちろんでございますよ！　どうぞ！」

震え上がった瞬間、彼に力いっぱい答えられて揃って会場入りする。

スムーズに〝潜入〟に成功したオリアナが、たっぷり飾られた大唾帽子の下からそちらを振り返って歓喜する。

「すごいわ！　こんなに呆気なく侵入できただなんて！」

「――殿下、どうかお声を潜めください。侵入、という言い方は少し違います」

前を見つめたまま、アーサーがさりげなく訂正を挟んだ。その表情には、役に立ったのかなんなのかと、複雑な心境が滲んでいる。

「俺は、ただ『早く通せ』とちょっと顔に出しただけなのにな……」

「そうなの？　バッチリ効果があったみたいですもの、よくやったわ！」

「はぁ……そもそも今回の件、きちんとご参加されてもよろしかったのでは、とも思いますが」

「それだと意味がありませんっ。わたくし達は〝あくじ〟を暴くのですっ」

「悪事の意味をあまり分かっておられませんね……。一体なんの悪事なんだか」

ぼそりと呟いたアーサーが、悩む顔のままセットされた前髪を撫で付けた。

それをじっと見つめていたメルは、ふと彼に視線を寄越された。

「エリザベスには言わないでくれ。あとで、俺から事情を説明する」

「ああ、なるほど。仮婚約者様、でしたよね……えっと、大丈夫ですよ。次にケアサポート員としてお会いするご予定は入っておりません」

「俺も直近でお会いする機会はないかとは思いますが、心に留めておきます」

ジェイクが、にこっと笑顔を返した。

「助かる」

まだ考えているのか、そう答えたアーサーは引き続き悩み込んだ表情だった。

そこで一旦、バーモット侯爵へ挨拶する彼と別れることになった。メルとジェイクはオリアナに同行し、会場内でエミール殿下について話している者がいないかを調べる。

「あなた様のことは、陛下からも頼まれています。『潜入』やら『調査』やらと、色々と思うところはありますが、――どうか無茶だけはなさいませんように」

そう言い残して、アーサーの姿が参加者らの向こうに見えなくなる。

「まるで、私が動くのが心配みたいね」

見送ったオリアナは、とても不思議そうな顔をしていた。

彼女はこの国の王女だ、知っている全員が心配に思っていることだろう。

だから最強の護衛として、アーサーが選ばれた。彼なら、恐らく少し離れても問題ない。危険であると察知した瞬間には、確実に、敵の喉元に喰らい付いている——。

メルは同じ獣人族として、それだけは明確に感じ取れていた。

それは、こうして離れていったアーサー自身が証明している気がした。

「さ。行こっか」

メルの肩を、ジェイクがぽんっと叩いた。オリアナが本来の目的を思い出して、早速調査すべく先頭に立って行動を開始した。

館内は煌びやかな調度品に溢れ、芸術品が至るところに展示されていた。

どこもかしこも人でいっぱいだった。開かれた庭では彫刻を楽しむ人々、二階のエントランス席では談話を楽しんでいるグループも多くあった。

世話をさせる使用人を連れてきている者もいて、侍従や友人同行も目立った。黄色いエプロンで分けられた、バーモット侯爵家の使用人達も多く出入りしている。

「メル、大丈夫？　そういえばあなた、人が大勢いるのはだめだったわよね？」

頭をやや低くし、そそくさと人混みの中をぬって進んでいたオリアナが、ふと肩越しに確認した。

メルは、顔色悪く口を横に引き結んでいた。しかし、小さく震えているのがバレませんように、と思いながら強張った笑顔を浮かべる。

「だい、じょうぶですよ。オリアナ様のご調査をお進めください」

「本当に大丈夫？」

「大丈夫です！」

しっかり頑張らなければと思って、無理やり大きな声を出した。

ここまで来たのは、オリアナの不安を少しでも解消してあげたいからだ。ここでメルが足を引っ張ってはいけない。

「うーん……なら、いいのだけれど」

勢いで押し切られたオリアナが、目線を前に戻して言った。

だがホッと一息吐くのもままならない。覚悟はしていたものの、狭い間隔で大勢の人の中にいる状況が、メルの種族的な臆病性質にぐさぐさと刺さって強い緊張状態だった。

怖い、緊張する、吐きそう……。

その時、メルの腕にジェイクが手を添えた。

「俺の隣にくっ付いていて構わないよ」

耳打ちされた際の吐息に、パッと恥じらった目を向けた。

「く、くっ付くって……！」

「ごめんね、困らせるつもりはなかったんだ。ああ、もしくは袖でも掴んでいるといいよ。きっと落ち着くから」

なんで確証を持ってそう言えるのか。そんな子供みたいなことをするのも躊躇われたが、自信がある彼に、メルは縋る思いで手を伸ばした。

そっと袖を指でつまんでみたら、不思議と少し身体が楽になった気がした。

まさか素直にしてくれると思っていなかったのか、ジェイクが少し目を見開いた。さりげなく表情を戻すと、ホッと息をもらしたメルへ言う。

「どう？　もう少し頑張れそう？」

無理はしないでねと、穏やかな声越しに伝えられている気がした。

まるでメルの気持ちも全部察してくれているみたいで、たった指先一つの繋がりなのに、とても安心できた。

「はい……頑張れそうです。ありがとうございます」

体の内側から温まるような、その不思議な感覚がなんなのか分からないまま、彼女はジェイクと引き続きオリアナに付き従った。

会場内で、外交に関わっている者達を捜した。オリアナは目的の人物を発見すると、近くのテーブルや飾り台、時には立ち話をする人達の後ろからじーっと睨んで待った。

「あの、そうやって隠れると、かえって目立つ気がするのですが……」

「そんなことはないわ。万事順調よ」

「わーお。それでバッチリと思える殿下、俺はすごいと思います」

「何を言っているのよ、完璧な潜入調査じゃないの。『探偵ステファン』を知らないの？　こうやって〝げんちちょうさ〟するのよ。さっ、付いてきて！」

やはり探偵小説の影響らしい。唯一の趣味が読書であるというので、会話からなんとなく推測していたが、王女の望むようにさせることにした。

オリアナは一階を終えると、続いて二階へと移動して回っていった。

だが、収穫もないまま人混みを引き返して、一階へと戻ることになった。

「むむぅ。なかなか誰も話さないわね……」

階段下にあった展示台横のスペースで、オリアナが熟考する。

エミール殿下の来訪の日取りが近付いているとはいえ、ここに集まっている者達の目的は芸術品だ。話す機会なんて少ないだろう。

「こうなったら、こちらから聞き出す方法しかないわね」

唐突に、オリアナがそんなことを言ってキリリとメルを見た。

「メル、軍部総帥に指令を出してきてちょうだい」

「え？　指令、ですか……？」

「エデル王国と親交がある者達が、彼の話をするよう仕向けるのよ」

それは、とんでもない案でメルは驚いた。

「えぇぇ！　あの、でも、聞き出すなんてそんな危ないこと――」

「彼はベアウルフ侯爵家の嫡男だもの、きっとそれくらいお手のものよ。大丈夫、バレるリスクを増やさないよう、私はジェイクとここできちんと待っているわ！」

ジェイクは、アーサーが離れた時用の護衛でもある。それにこの人混みだと、華奢なメルの方が動きやすい。

「オリアナ様自身が動いて、帽子があたって取れちゃったら大変ですしね……」

「でもメル、一人で大丈夫？　なんなら俺が」

「大丈夫です！　いってきますっ」

彼女のために頑張りたいのだ。ジェイクの続く言葉を察知したメルは、彼にオリアナを任せると素早く行動を開始した。

別館一帯が丸々会場みたいになっているから、ひっきりなしにあちらこちらから出入りもある。フロアも通路も階段も、芸術品を鑑賞する人族と獣人族で入り乱れていた。

肉食種の気配を覚えるたび、ゾワーッと震え上がりそうになる。

それをこらえて、メルは覚えていたアーサーの〝匂(にお)い〟を辿(たど)って人混みを進んだ。大きいので、すぐに彼は見付かった。

「一人か？　どうした？」

「あの、実はオリアナ様から言伝(ことづて)を頂きまして……」

メルは、周りのがやがやした声に潜ませて用件を伝えた。耳を近付けてくれていたアーサーが、やがて溜息と共に屈めていた頭の位置を戻した。

「俺は、社交はあまり得意ではないんだが……それが殿下のお望みなら断れないな」

彼は、ちょっと頭痛を覚えた表情を浮かべていた。

侯爵家の嫡男で、軍部総帥で、最強の獣人族と言われている人……それなのに同じように苦手なものがあることに親近感を覚えた。

「わ、私っ、応援しています！」

「そうか。まぁ、声援を有り難く受け取っておこう」

心あらずで答えたアーサーが、ぐらぐらした頭を押さえながら歩いていく。

彼の頑張りをすぐ伝えるべく、メルは来た道を走って戻った。けれど気持ちではどうにもならない種族的性質から、オリアナ達が見えた時には四肢が震えた。

「おっと。君が走ってくるなんて、どうしたの」

足がふらついたメルを、ジェイクが支えた。彼女はパッとオリアナを見て、告げる。

「軍部総帥様が、やってくださるそうです」

「まぁっ、メル、どうしたの顔色が真っ青よ！」

「いえ、お気になさらないでください。人混みを走ったせいでしょう」

種族的な事情を打ち明けて、心配させたくない――そうメルが思った時、ジェイクがかばうように自分の横へ移動させてオリアナに笑いかけた。

「殿下、今がまさにチャンスですよ。軍部総帥様が合流したグループが、エミール殿下の名前を出したのが俺の耳で聞こえました」

「えっ、本当!?」

「はい。だからメルは〝息も切れるほど全力で〟走ってきたんです。そして人族であるあなた様の耳にも聞こえるところまで、すぐにでも移動をとお伝えしたかったようです」

「そうだったのね！　メルの頑張りを無駄にしないわっ、先に行くわね！」

オリアナがドレスを持ち上げ、頭一個分飛び出たアーサーを目指した。

ジェイクが、肩を抱いたメルへ目を向けた。

「歩けそう？」

「あっ、はい」

支え、歩き出したジェイクをメルは見上げる。

「あの……助けてくださって、ありがとうございます」

「いえいえ。俺は、君の騎士だからね」

穏やかに微笑みかけられ、顔に熱が集まった。

近い距離で見ているせいだろうか。メルはその笑顔が、オリアナに笑いかけた時よりもずっと温かいものであると不意に実感した。

まるで〝特別〟みたいな……彼の求愛は一時のものでなかったりするの？

「メル？」

「いえっ、なんでもないのです！」

メルは慌てて目をそらした。きっと気のせいだと、気を強くもった。

大きなアーサーは、頭が飛び出ているので見付けるのも容易だった。一つの談笑グループに入っている彼を、オリアナが少し離れたシャンパンテーブルから窺っている。

隠れているつもりなのだろうが、後ろから見たメルはそわそわした。

合流したジェイクが、しばし笑顔を貼り付かせたのち頷く。

「頭とドレスがテーブルの左右から覗いてしまっているので、意味がないかと」

しかしオリアナは聞こえていなかったらしい。メル達に向かって、ぶんぶん手を振って指示してきた。

「あそこにいるエルバーク大臣がっ、今っ、『エミール殿下』って口にしたわ！　あなた達も目立たないよう隠れてっ」

同じようにしたら、絶対に目立つ。

メルとジェイクは、表情は違えどこの時は意見が一致した。ひとまずオリアナのそばに寄ると、頭の位置を低くして同じように向こうを覗く。

そこには、年上の貴族達の立ち話に加わっているアーサーがいた。話をする彼は、とても苦しそうだった。強面の引き攣り笑顔が、普段の二割増しで威圧感を与えている。

「社交が苦手とおっしゃっていたのは、本当だったんですね……」

メルは心配になって呟いた。

それを聞いたジェイクは、すでに察した顔だった。

「まぁ、不得手だろうなとは思っていたよ」

とはいえ、お喋り好きな貴族相手であるのが幸いしたようだ。

彼らは話題を投じられたことで、声も弾ませて会話が飛び交っていた。グループの中心となって話しているのは、エルバーク外交大臣だ。

「エデル王国は、穏やかな気候で人々の性格も温厚です。エミール殿下は、まさに調和と平和の美しい大自然を描いたような素晴らしいお人、というべきでしょうか」

「私は実際にエデル王国へ行きましたが、十三歳とは思えない気遣いと慈愛に溢れる、素敵なお方でしたよ。将来は、王弟として兄を支えたいとか」

うんうんと相槌を打ち、バーモット侯爵が期待した息をもらす。

「実に素晴らしい。私も、使節団に加わっていた友人から、芸術面へのご理解も深いとは聞いていたのです。ですから私も、会える日が楽しみなのですよ」

彼らの話からすると、まさに手紙で受けた印象通りの人柄、というべきだろうか。メルの頭の中にも、彼らが語るような素敵な王子像が浮かんだ。

そうだったらいいのに……と、例の手紙の存在が脳裏を過ぎった時だった。

「いい話だけだなんて、これは、絶対に嘘よ」

目を向けてみると、床を見つめてわなわなと震えいるオリアナがいた。

「そんなの信じられない。だって〝私が信じていたエミール殿下〟はそうだったけど、でも現実の王子様は違っているんだわっ」

手紙の件は確かに気になる。でもメルは、獣人族の直感からしても、話しているエルバーク外交大臣達が嘘を吐いているとは思えなかった。

「オリアナ様。手紙も、もしかしたら何か理由があって――」

「上等じゃない。こうなったら、真実を求めてあらゆる社交話を聞いて回ってくれる！　私自ら話題を引き出してやるわ！」

「え」

闘志に燃え、オリアナが堂々立ち上がった。

臆病さなんて微塵にも感じない。ぽかんとした一瞬後、メルは慌てた。

「ど、どうか落ち着いてくださいっ。か、かおっ、お顔が丸見えですっ」

それだけ顔を上げたら大きな帽子も役に立たない。そう毅然と顔を上げていると、やはり一般の令嬢にはない高貴さが身から滲み出ている気もする。

だが、オリアナは聞こえていない様子だった。

突撃する相手を捜しているのか、あたりを見回す彼女にジェイクがのんびり忠告する。

「あちらにいるのは、あなた様をよく知る大臣様達でしょう。危ないですよ」

その時だった。

「こ、これは！　オリアナ王女殿下ではございませんか！」

向こうにいたエルバーク外交大臣が、オリアナに気付いて目を剥いた。周りの者達がざわっとして一斉に振り返る。

一気に注目を集めたオリアナが、「うぎゃっ」と小さく飛び上がった。

「バ、バレた……！」

「そんな『気付かれるはずがない』という反応をされましても……みな、あなた様のことは知っておいでですよ」

歩み寄ってくるエルバーク外交大臣と共に、開催主のバーモット侯爵や談笑していた者達も向かってくる。

「ところで、本日はいかがされたのですか？　あなた様が、単身でご参加されるとは珍しい」

「うっ、それは、そのぉ」

オリアナは、冷や汗をだらだら流していた。表に出る機会も少ないので、髪型もガラリと変えた今は気付かれない！　と自信があったらしい。

一緒に向かってくるアーサーが、悩み込んだ顔で額を押さえた。

「――なんとなく、こうなる予感はしていた」

そう溜息交じりに呟いた彼が、メルとジェイクを呼び寄せた。

「総督から、こうなった場合の対応は聞いている。今は君達の詳細も伏せるらしい。俺が話をするから、少しここで待っていてもらえるか？」

どうやら、この場を落ち着けるため説明するつもりのようだ。社交が不得意なのに……とメルはまたしても同情しそうになった。

「はい、分かりました。えっと、お気を付けて」

メルはメイドらしい姿勢を整え、『頑張って』という思いを込めてそう言った。ジェイクも男性使用人らしく「いってらっしゃいませ」とにこやかに見送った。

アーサーが合流し、オリアナが途端に『助かった！』という顔をしたのが見えた。

彼が説明を始めると、狼(おおかみ)総帥の急きょの参加を早々に納得していく空気が広がった。お忍びで見学に、その護衛だった、という話にするようだ。

「うーん。言い訳がうまくいったとはいえ、それだとバーモット侯爵の芸術鑑賞コースが始まりそうだね。あの人、話がすごく長いって警備隊の人達も言ってた」

ジェイクが、それを眺めながらそんなことを述べた。メルも話がどんどんその方向に行くのを聞いて、避けられないだろうなと少し同情して思った。

案の定、やがて屋敷内の芸術品ツアーで話がまとまった。

オリアナが、大変嬉しそうなバーモット侯爵に「ささっ、どうぞ！」と促される。その間にもエルバーク外交大臣を筆頭に、人が集まって周りを固めていく。

嫌と言えないでいるオリアナが、とうとうアーサーへ素の声を投げた。

「ぐ、軍部総帥！」

「自業自得（じごうじとく）――いえ、失礼。付き合いますから、頑張ってください」

アーサーの眉間（みけん）の皺（しわ）が、『俺にとっても苦渋の決断なので辛抱を』と伝えていた。

やはり優しい人だ。メルは、柔らかな苦笑を浮かべた。

「まぁ、おおごとにならなくて良かったです。全体的に丸く収まった、みたいな」

「そうだね、このまま軍部総帥様が護衛に付くみたいだし。どう？　俺としては、そのままこの衣装で、君と使用人デートをしてもいいと思うな」

ジェイクが、ふと悪戯（いたずら）な輝きを宿した目で覗き込んでくる。

メルは顔が熱くなった。いつもと違う服で、彼と密やかなデートをする……そんな妄想が頭に浮かんだ瞬間に、心臓は煩（うるさ）いくらいに騒いだ。

「そんなことっ、秘密の恋の仲、でもないのに……」

だが、口にした直後、ハッとさせられて身体の奥がきゅっと切なくなった。

私は何を言っているのでしょう――だって、自分とジェイクは恋人同士ではない。

仮婚約者ですらないのだから、そういった二人の交流だってしなくてもいい。

彼も知っていて、わざとジョークで言ったのだろう。メルが緊張しなくてもいいように、いつもの優しさで。

彼にそんなことをされる立場ではない。求愛に応えられないから仕事に従事した。それなのに、どうして身体が軋むような辛さを感じるのか？

どんどん胸の奥が苦しくなってきたメルは、咄嗟に彼の隣から逃げ出した。

「そろそろ軍部総帥様が私達を呼びそうですよっ、行きましょうっ」

そう言い訳した時だった。不意に、踏み出した足がくらりとした。体がふわふわしているような、地面がぐらぐらして安定感がないみたいな――。

あれ？　なんか、変。

異変を自覚した瞬間、メルは自分の身体を支えていられなくなっていた。倒れそうになった彼女を、咄嗟にジェイクが抱き留めて支える。

「大丈夫？　突然どうしたの――メル？」

囁いたジェイクが、異変を察知したのかハッと言葉を切った。

メルは、その温かな吐息にさえ身体を震わせた。彼の服を皺になるくらい握り締めて、今は崩れ落ちないようにするのでせいいっぱいだった。

足に力が入らない。火照った肌は敏感になり、体温も急速に上がっていくのを感じる。

この症状は――〝発情期熱〟だ。

メルは震え上がった。まさか、こんなところで突然くるだなんて。支えてくれているジェイクの腕の温もりに、安心感と同時によく分からないモノが込み上げて怖くなる。

「う……っ、ジェイク、その、ごめんなさい」

しがみつき、視線を上げられないままどうにか声を絞り出した。

「今すぐ、帰らないと。ここを、出たい、です。帰るのを、手伝ってくれませんか」

「謝らなくていいよ。分かった、すぐにそうしよう」

その時、アーサーが気付いた。彼がバーモット侯爵らをオリアナと先に行かせ、一旦こちらへ引き返してくる。

「どうした？　大丈夫か？　なんだか具合が悪そうだが――」

「大丈夫です」

伸ばしてきたアーサーの手を、ジェイクが拒絶するように払いのけた。

「メルは体調が悪いようです。俺が連れて戻りますから、触らないで頂けますか？」

ジェイクの金茶色の獣目が、愛嬌も愛想もなくアーサーを見据える。

ぽかんとしていたアーサーが、思い至ったのか手を引っ込めた。仕切り直すように咳払いをする。

「そうか、すまなかった。君の求愛中の相手だったな」

「いえ。そういうわけではないのですが……」

言いかけたジェイクが、不意に言葉を切った。何か考えたのか、その目に真剣さを宿してメルの頭を自分の胸板に押し付ける。

「そう――です。俺が求愛中ですので、触れるのはご遠慮頂きたい」

火照った顔を見せないよう配慮してくれたみたいだ。メルは有り難く思って、支えてくれている彼の服を握り締めた。

正直、今は、そばに近付いたアーサーの〝気配〟だけで辛い。

発情期熱を起こした体が、強い異性の獣人族の気配を感じ取ってゾワッとした。

「彼女は一体どうしたんだ？　風邪（かぜ）か？」

「穴蔵リスの種族は、とても臆病で警戒心が強いんです。もしかしたら、王都を出発してからの無理がたたったのかもしれません」

覗き込み尋ねたアーサーから、それとなくメルを離しながらジェイクが答える。

「ひとまず殿下の目的は達成できました。一旦、馬車をお借りしてもよろしいですか？　先にメルと一緒に別邸へ戻っていようと思います」

「その方がいい。オリアナ殿下には、俺の方から早退をお伝えしておく」

「ありがとうございます。先にお休みを頂くのは申し訳ないのですが、あの侯爵様の感じだと話も長くなりそうですし――それでは、失礼致します」

愛想笑いの一つも浮かべずテキパキと告げると、ジェイクはメルを連れ、早々に屋敷を出た。

◆

馬車で戻る間にも、状態はどんどん悪化していった。

小さく震えているメルを、ずっとジェイクが膝の上でぎゅっと抱き締めてくれていた。それがなかったら、もっと悪くなっていたかもしれない。

身体の内側が熱いのに、まるで凍えるみたいに胸がぞわぞわした。

頭が朦朧とする。熱が苦しい。自分の身体なのに、よく分からない状況がとても怖い。

「大丈夫だから。大丈夫」

ずっと耳元で、ジェイクが慰めるように言葉をかけてくれていた。その低く優しい声が、不安に押し潰されそうなメルを救った。

到着してすぐ、マリテーヌ別邸の者達が慌ただしく出迎えた。

「いかがされましたか？　一体これは――」

「大丈夫です、このまま俺が運びますから。警戒心の強い種族の獣人族には、たまにあることで。少し無理がたたってしまったようです」

知られたくないかもしれないと気遣ってくれたのだろう。メルの代わりに早口で告げた彼の言葉に、使用人達がなるほどと頷く。

「左様でございましたか。そういえば姫様からも『とても内気な種族なようなので丁重に』とは言われておりました。何か必要なものは？」

「タオルと水を。それから、看病は同じ獣人族で対処も分かっている俺がします。彼女は耳もいい種族ですから、近くにも立ち寄らないで頂けると有り難いです」

「承知しました。それでは、奥のお部屋をご用意致します」

バタバタと彼らが支度に取りかかる。ジェイクに横抱きにされているメルは、熱でぐるぐるして顔を上げられなかった。

マロン一族にとって、大人の証（あかし）である発情期熱が、とうとうきてしまった。

怖くてたまらなかった。寂しさで死んでしまいそうなくらいの切なさ。恐ろしいほどの孤独感が込み上げて、メルの胸をキリキリと締め上げている。

これもその症状の一つなのだろうか。初めてで、不安で、そして怖かった。

「大丈夫だよ、俺がいるから」

ご用意が整いましたという声と共に、歩き出したジェイクが腕に力を込めた。

どうしてか彼の声に安心感が込み上げた。その拍子に涙がこぼれて、ビクッとしたメルの頭へ、ジェイクがなだめるようにキスをした。

「涙が落ちてびっくりしたの？　大丈夫だよ、生理的なものだから心配しないで」

奥の部屋に辿り着いた。ジェイクが入室すると、後ろで扉が閉まる音がした。

ベッドは就寝準備が整えられ、ベッドサイドテーブルには水なども用意されてあった。そのままシーツの上にそっと横たえられる。

「やだっ、離れないでっ。怖いの」

身が離れた途端、メルは寂しさで心臓がぎゅっとした。

しかし反射的に手を伸ばした時には、もうジェイクが靴を脱いでベッドに上がっていた。体重をあまりかけないようにまたがり、メルの手を優しく包み込む。

「うん、怖いね。大丈夫、君のは初期症状だ。強い方じゃない」

手からじんわりと体温が伝わってきて、孤独感が薄らいでいく。

「本当、ですか……？　軽くて、済む……？」

「そうだよ。少ししたら、落ち着いてくれるものだからね」

上にいるジェイクが、なだめるように握った手にキスをする。

湿った唇の熱に、ぴくっと身体が小さく跳ねた。

身体の奥から溢れて騒ぐ熱が、不思議とほんの少し発散されるような感覚がした。それを知っているのか、彼は指先にもキスを落としていく。

「こうすれば、少しは〝苦しい感じ〟も紛れるでしょ？」

確かに、楽になる感覚がする。嫌とも感じなかった。

でも、恥ずかしい。ジェイクは指先に続いて、額や頬、耳の上あたりにも優しく唇を押し付けてきて、メルはかぁっと頬を染めた。

「あの、そ、そんなにキスをするのは、ちょっと」

「発情期熱に効くんだ。熱を取らないと、辛いよ」

「でも……あの、口で熱が冷ませるのですか？」

「うん、そうだよ。君が嫌がることはしない。だから、大丈夫だから」

ジェイクが、メルの目尻にちゅっと口付けた。頭を撫でながらヘッドドレスを外し、メルの頭の締め付けを解く。

「あっ、ぅ」

キスをされると、不思議な甘い痺れが起こった。

相変わらず身体の奥は熱いが、彼に言われた通り、じょじょに苦しい感じは和らいでくれている気もして彼の背に腕を回した。

不意にジェイクが、ぴくりと動きを止めた。

「メル……？」

見つめ返してきた獣目に、メルはビクリとした。

少し驚いた彼の顔を見た瞬間、非難されるんじゃないかという思いが過ぎった。

「ご、ごめんなさい。ジェイクがいると思ったら、あったかくて、安心して。でも、どうか許して。腕を放せなくて」

「大丈夫だよ、俺は怒ってなんていないから、謝らないで」

だから落ち着いてと大きな手で頬を包まれ、近くから目を合わされた。

彼に『離れて』と言われるのを想像して涙が浮かんだメルは、ようやく怒っていないと分かった。ジェイクは、気遣う眼差しで彼女を見つめていた。

「俺にそうしていると、メルは安心するの？」

「はい。苦しいのと、怖いのが、なんか薄くなります」

「――そう。それなら、そうしていて」

うまく言葉がまとまらなかったのに、ジェイクは怒らなかった。ゆっくりのしかかると、メルを優しく抱き締め返してくれる。

全身が温もりに包まれて、安堵（あんど）感と共にまた涙が一つこぼれ落ちた。

「うぅ、どうして涙が出るのか、分かりません」

「今は分からなくてもいいんだよ」

「でも……、ンっ」

ジェイクが首にキスをしてきた。発情期熱で一番敏感になっていた箇所だったから、柔らかな唇の感触に一際甘く痺れた。

メルはぞくぞくして、口をつぐんで震える吐息をこらえる。彼は自制するように、丁寧に繰り返しそっと唇を押し付けていく。だが、やがて悩ましげな息を吐く。

「ここ、一番熱を持ってるね」

気のせいか、彼の声に燃えるような何かが潜んでいるように聞こえた。

「なんでか、分かる？」

「そ、そんなこと、言われなくったって」

メルは、彼が〝種族的なその位置〟を把握していることに緊張した。求愛している相手のことなので、事前に調べていても当然なのか――。

不意に、首の間に頭を埋めているジェイクが、ぺろりと首を舐めてきた。

「あ……！」

ぞくんっとして体が跳ねた。たったひと舐めで頭の中の『苦しい』が薄れ、身体の芯が怖いくらいに甘く疼く。

たまらない様子でジェイクが荒々しく首を舐めてきた。舌が這うと一層ぞくぞくと甘く疼いて、メルは彼を引き寄せて顎の下を舐めさせた。

不意に、ジェイクがぴくっと反応した。

抗うように一旦メルから手を放し、力いっぱいシーツを握り締める。

「――そんなに、俺のことを信頼してくれているんだね」

まるで自嘲するような声だった。ぐぐっと頭を起こしたジェイクを見て、メルは少し怖くなった。

「ジェ、ジェイク？」

見下ろす金茶色の獣目が、燃えるような熱を宿していた。

ふーっふーっと彼は肩で息をしている。

「気にしないで。少しで、落ち着つけるから」

「で、でも……」

そうは言うものの、見つめてくる目はどこかギラギラしていて、冷静ではないようにも感じる。そして、どこか辛そうだった。

「メル、ごめんね」

けれど心配を遮るように、彼が先に詫(わ)びるような表情を浮かべた。

何も、悪いことはしていないのに……メルは戸惑ったが、話すのも辛そうなので黙っていた。じょじょに、身体の辛い熱が戻ってくるのを感じたせいでもある。

「君がとても辛い状況でいるのに、ごめんね。症状は軽いから、もう少し熱を取ってやればきっともう大丈夫だ。また抱き締めるけど、いい?」

「は、はい」

彼自身もきつそうなのに、まだ発情期熱の辛さを和らげようとしてくれているらしい。やや疲労感を漂わせて前髪をかき上げたジェイクに、メルは頷くしかない。

「正直言うと、今すぐにでも君を噛(か)んでしまいたいよ、メル」

再びかき抱いてきたジェイクが、頭の横や耳にそっと口付けながら、掠(かす)れた声で言った。

「このまま首を噛んで、押さえ付けて――俺の求婚痣を刻み付けてしまいたい」

それは猫科の獣人族である彼の、正式な求愛方法だ。

獣人族は、種族によって婚約成立の際の噛み付く位置が違う。腕や足、背中や腹部……強く噛み付いて、もっとも大きな求婚痣を刻む。

そしてメルの場合、首の周囲が正式な求婚痣を受ける位置だった。

もしかして彼が苦しそうにしていたのは、その噛み付きたい本能をこらえるためだったのか。

そう思って緊張したが、同時に、体の奥が甘く切なく疼いた。

ジェイクに対して感じたのは、怖さとはまた別のモノだった。

よく分からなくて、ぶるりとした拍子に目をつむったら、抱いた肩をジェイクに優しく撫でられた。

「大丈夫、しないよ――俺は、君にひどいことはしない、絶対に」

まるで、自分に言い聞かせているみたいに聞こえた。

顔中にキスの雨を降らせながら、ジェイクがなだめるように体を撫でてくる。寂しくて胸が痛い、という辛さもじょじょに弱まってくる。

気付いた時には、メルの症状も落ち着いていた。

ホッとして心身から力が抜けると、ほどよい疲労感が込み上げた。自然と瞼も重くなってくる。けれど、ここにはジェイクがいるのだから眠ってはだめ……。

そう思った時、耳元で低く優しく囁かれた。

「大丈夫だよ。君が眠るまでそばにいる。でも眠るのを見届けたら、俺は部屋から出るから」

おやすみのキスみたいに、額に口付けを落とされた。

たったそれだけで安心感に包まれた。もう、瞼を開けていられなくなる。けだるい眠気にメルの意識は沈んでいく。

「だから、どうか安心して眠って。俺の愛しい人」

どうして、そんなに優しいのですか？

そんな疑問を覚えたのも束の間。ジェイクに抱き締められたメルは、優しい温もりに包まれてあっという間に眠りに落ちていった。

四章　帰還しましたが落ち着きません

翌日、すっかり良くなったものの、メルは彼と対面するまで大変落ち着かなかった。

発情期熱の初期症状を看病されただけなのに、いけないことをしたような後ろめたさと恥ずかしさを覚えた。だが、当のジェイクと顔を合わせて拍子抜けした。

「おはようメル、今日で王都に帰れるね」

彼は、昨日のことなんてなかったみたいに普通だった。

発情期熱は、一部の獣人族が持つ特別な成人限定の症状だ。以前ジェイクも、恥ずかしいことではないと口にしていた。

けれどメルは、あの密着した状態での口付けや温もりをすぐ割り切れそうになかった。

オリアナには、パーティーを早退したことを心配された。たくさん眠って回復したことを教えて安心してもらったのち、話を聞いた。

あのあと、次から次へと話しかけられて、結局は夕食までそこで済ませてしまうことになったらしい。

「……まぁ、殿下は普段あまり表に出られないお方だからな。誰もが話したがったのも分からないでもないが、……俺はただひたすら耐えて付き添った」

アーサーは、精神的疲労がたたったようだ。諸々の思いを込めた感想で締めると、マリテーヌ別邸から馬車で出てすぐ、腕を組んで寝入ってしまった。

それから一晩かけて王都へと戻った。

報告は後日で構わないと知らせを受け、数日の休みを挟むことになった。しかし先日のことが頭から離れなくて、メルはなかなか心が休まらなかった。

◆

ルーガー伯爵から知らせが届いた翌日、メルはジェイクと共に王宮入りした。

本日は、出張した時の報告のみの予定だ。

「今の時間、ルーガー伯爵様は、総督様との打ち合わせで王宮にいるらしい。報告を聞くタイミングが他に取れそうにないから、直接ここまで来て欲しいと言っていた」

オリアナは、王妃と同行の公務で不在だ。ルーガー伯爵は引き続き多忙とのことで、これから郊外に行く予定も入っているのだとか。

メルは、知らせの詳細部分を聞きながらもやもやしていた。

迎えに来た彼は、いつも通りだった。発情期熱があって以来の、二人きりの数日ぶりの顔合わせでドキドキしていたのは、メルだけだったみたいだ。

いつも通りなように見えて、実は興味を抱かれなくなってきてる？

以前ならしつこく目を合わせてきたのに、今日のジェイクはメルを困らせることもなく大人しい。挨拶がてらの「可愛い」という言葉も、あっさりと終わって――。

「メル」

穏やかな声が聞こえた次の瞬間、肩を抱くように後ろから腕を回されて驚いた。

やや強引に後ろへと引かれたメルは、次の瞬間、目の前を大きな物体がぶんっと通過していって仰天した。

砲弾みたいに飛んで二階の廊下の窓を越えていったのは、ソファだった。

「えっ、嘘！　なんでソファが飛んでいったんですか⁉」

急ぎソファが飛んできた方向を見る。そこには、ティーサロンがあった。居合わせ慄く者達の視線の先には――次のソファを持ち上げたジークの姿があった。

総督の、蛇公爵様だ。

彼はブチ切れ状態だった。メルは、ジェイクの腕の中で「ひぇ」と縮こまった。その向かいには、銀髪の美しい騎士がいる。

「ライル。俺の親友にガッツクなと、あれほど言っておいたというのに」

「ジ、ジーク、落ち着いてください」

「これが落ち着いていられるか。――そのおかげで、今日の釣りに行けなくなっただろうが！」

ぶんっとジークが三人掛けソファを放った。

「うわっ!?」

銀髪の騎士が俊敏に避けた。周りの者達も命からがら一斉に避けたソファが、アーチ状の入口の一部にめり込んだ。

――激怒の原因が、まさかの『釣りキャンセル』だった。

メルは唖然とした。会話や種族から推測するに、どうやらライルと呼ばれたユコニーンの獣人騎士が、エマの夫であるらしい。

「エマも楽しみにしていたんだぞ。川を見せてやろうと思ったというのに、貴様ときたら」

「あっ、それなら大丈夫ですっ。昨日の休み、二人で川を見に行ったんですよっ」

「なぜ俺を誘わん」

「新婚なんですから遠慮してくださいよ……。川辺で二人きりのデートも久しぶりで」

彼が不意に言葉を詰まらせ、みるみるうちに顔が赤くなった。

馬の種族的な性質を思うと、全員の頭に一つの可能性が過ぎった。

「『久しぶりで』、なんだ？　続きを言ってみろ、バカ馬」

ジークが、近くにあったテーブルをバキリと手で掴んだ。

「うっ、その……彼女が川に入りたいと言って、スカートをたくし上げて入っていってしまって……それで、えーと…………すごく盛り上がってしまいました」

耳まで染めた彼が、照れながらそう言った。

惚気（のろけ）なのだろうか。川辺で〝ナニ〟があったか容易に想像も付くし、本日エマが家から出られないのも、『帰宅後もすごく盛り上がったせい』であると察せられた。

ジークの方から、ブチリと堪忍袋（かんにんぶくろ）の緒が切れる音がした。

「家でもガッツクうえ、外でもガッツクとは、いい度胸だ」

彼の手が、超重量級のテーブルを持ち上げた。その様子を「嘘でしょう？」と眺めたメルは、それが投げ放たれた瞬間に肝が冷えた。

嘘っ、真っすぐこちらに飛んでくる⁉

それに身が竦（すく）んだ時だった。ジェイクが飛んできたテーブルを、邪魔だと言わんばかりに片手でガツンと打って横へ軌道を変えた。

廊下に衝突したテーブルが、重さと威力を物語って壁を半壊させていた。

メルは黒い獣目を剥（む）いた。ティーサロンでは、全く気にも留めず言い合いが始まっている。

「ひぇえぇえ⁉　す、すごい音がしましたが腕は大丈夫なのですか⁉」

「とくに問題はないよ」

もう危険はなくなったと判断したのか、ジェイクの片腕がすっとメルから離れる。

あれ？　いつもなら、しつこいくらい放さないでいるような――。

「蛇公爵様がここにいるということは、もう打ち合わせは終わったんだろうね」

「え？　ああ、そうだと思います」

「ルーガー伯爵様は、この前いた部屋で次のご予定の準備をしていると思う。行こうか」

そう告げて歩き出したジェイクの背に、メルの胸は締め付けられた。

自分達の間に、ぎすぎすした空気が漂っているのを感じた。

「また二人が暴れていたのかい？　まだまだ落ち着かない若者達だねぇ」

書類をまとめていたルーガー伯爵が、はぁやれやれと感想を言う。彼自身が年齢不詳の美しさなので、若者という言い方には違和感があった。

室内には、外出準備のための荷作りを進めている使用人達がいた。彼らはオリアナの件も知っているメンバーだというので、メルとジェイクは時間を取らせないよう出張の報告を行った。

「バレたとは聞いていたが、まぁ目的も知られず丸く収まった一件だったからね」

話を聞いたルーガー伯爵は、鞄に書類を詰め込みながら満足そうに頷いた。

「過ごしていた間のことや、とくに翌日も元気だったというご様子まで聞けて良かった。君達がケアに入る前と比べれば、良好だよ。臆病で自ら外に行かないところの荒治療だと思えば、いいご機会の一つになっただろう」

アーサーの方は、臆病なイメージは受けなかったらしいことを思い出す。

けれどメルは、気もそぞろでルーガー伯爵に気の利いた相槌も打てなかった。なんだか気まずくて、入室してからずっと隣に立つジェイクの方を見ていない。

「あのっ、私達はオリアナ様の件を引き続き担当すれば、いいのでしょうか？」

沈黙が胃にキリキリときて、メルはたまらず声を発した。

「うん。殿下からも、ケアサポート員なら君達がいいと続行の要望が届いている。エミール殿下と会う予定の前日まで、よろしくね」

オリアナの様子は、メル達が入る前に比べると落ち着いているらしい。

だが、顔合わせの件については、引き続き口を閉ざしている状況だという。ジークと一緒にルーガー伯爵が彼女の元を訪ねたら『沈黙』の返答があったそうだ。

「まだご不安……というわけですね」

メルは、パーティー会場での彼女の様子を思い返した。エミール殿下の話を聞いていた彼女は、本人がいい人であることを頑なに拒んでいた。

「仕方ないさ。今回の一件で、すぐに解消できることだとは思っていなかった。迷い、葛藤しておられるんだよ。あのお方のことを考えれば、あれやこれやと教えるのもしない方がいい」

「そういえば、なぜ手紙のきっかけもお話しされないんですか？」

「自分の目を信じ、芯が強いところもある。説得と受け取られたら、信じるか、信じないか、どちらか極端な方に出そうな気がして私達は見守っているんだ」

「極端……」

今回のオリアナの行動力を思うと、確かに不安が過ぎる。

するとそばから、ジェイクが口を挟んできた。

「婚姻の決定は、エミール殿下と彼女にとっては突然のことでもあった。二人は、同じ条件で手紙による交流を取らされたんだ。オリアナ様にも動揺があった。そして豊かな想像力が悪く働いている状況だ、第三者が何を言っても信じない可能性の方が強い」

メルは、彼の『エミール殿下』と呼んだ声が気になった。

まるで、知っている人みたいな言い方にも聞こえた。けれど、ルーガー伯爵の声で思考が引き戻される。

「ジェイクの言う通りだ。当事者ではない私達は、今は手紙の経緯なども話すべきではない」

「そう、ですか……」

「小リスちゃん、だからといってそう気を落とさないで。話を聞いてくれる〝年頃の近い仲のいい友達〟の存在は、心の支えになれるんだよ」

ね？　と笑顔で確認されて、メルは静かに頷き返した。

オリアナは、別邸でも元気な笑顔を見せてくれていた。彼女のことを思うと、心に寄り添って少しでも支えになりたい気持ちは強まるばかりだ。

「君が悲しい顔をすれば、あのお方だって悲しい顔をする。それは殿下にとって、もう君が

〝二人の立派な友人〟だからだ。どうか見守ってあげて欲しい」

「はい。私、頑張ります」

メルは、心の底から思ってそう答えた。

その目に力が戻ったのを見て、ルーガー伯爵がにこやかに続けた。

「殿下も国内でのご公務が最後だということで、立て続けでね。その間、君達にはいくつかの薬師の訪問にも同行してもらおうと考えているよ——ところで、何かあったのかい？」

「へ？　いえっ、何もないですよっ」

唐突に問われたメルは、手を振って慌てて答えた。

先日、出張先で初めての発情期熱が来た。だからあったと言えば、あったのだけれど……そのあとは何もないのだ。

思い返せば、あれ以降ジェイクは手を取る以外には触れてきてもいない。

隣同士歩いていても、紳士と淑女としての誠実な距離感があった。

胸がズキリとした。まるであの時の熱意の欠片さえ、今は冷めてしまったようではないか。

メルはあの時、彼にのしかかられている状況を受け入れてもいた。

それは、相手がジェイクだったからなのではないだろうか。

そう考えていたら、彼の声に呼ばれて心臓が跳ねた。

「メル。薬師の訪問ケアの同行、頑張ろうね」

「えっ、あ、はい。頑張ってたくさん歩きますっ」

ジェイクは、にこっと笑いかけてきた。メルもできるだけいつも通りを心掛けたのに、その魅力的な笑顔を見たら心臓が早鐘を打ってしまって、返答はぎこちなくなった。

◆

それから数日は、続けてケアサポート員として薬師の同行仕事にあたった。

ジェイクはメルを迎えに来て、帰りはきちんと送り届けてくれた。けれど、やはり必要以上に手も取ってこなかった。

目を合わせている時間も少ない……好奇心や興味が減ったのでしょうか？

発情期熱が起こったあの日を境に、何かが変わってしまったように思えた。出張以前までは猫みたいに甘えてきたのに、突然抱き上げられて困らされたりもしない。

もしかしたら、思った通りもう気持ちは冷めているのかもしれない。

——獣人族の盛んな年頃のオスにあるという、一時の熱意。

ずっと求愛を避けてきたのはメルだ。それなのに胸が鈍く痛んだ。

オリアナには、仕事を再開して四日目に会うことができた。また会えたことを喜んだ彼女は、けれど元気がなかった。

「昨日、舞踏会の詳細な日程が届いたわ」

エデル王国の王子、十三歳のエミール殿下の来訪まで、あと二週間を切っていた。

用意されたたっぷりのお菓子も、蜂蜜(はちみつ)で甘くした紅茶も進まないでいる。続く公務、そして刻々と迫る当日に疲労感を漂わせていた。

「オリアナ様……もしかして昨夜、あまり眠れなかったのですか？」

メルは、目の下のくまに気付いて尋ねた。オリアナが視線を落としたまま、こくんと頷いた。

王族として着飾った彼女は、これからまた別の予定が入っていた。私室は扉が開かれ、警備の兵が立ち、護衛騎士達とお付きのメイド達も控えている。

そして、ジェイクは座らずそばに立っていた。

『婚姻前の王女のプライベートなティータイムに、異性は同席しない方がいい』

ジェイクがそう述べたのだ。オリアナも「気にせず座ればいいのに」と言ったが、ジェイクは「菓子は頂きます」と笑顔で折り合いを付けた。

私と一緒に座りたくなかったのでは……メルは、そんなことを考えてしまった。

「今日はちゃんと眠るわ。みんなを心配させてしまうもの」

「そうですね、私も心配になります」

メルが柔らかな苦笑で返すと、オリアナも同じように笑った。

「メルは、顔に全部出るわね。私が昨日したことを、聞いたんでしょう？」

「うっ、その……ここに来る直前に、当日ご参加される旨の返事をしたと聞きました」

薬師の同行から帰社した時、ルーガー伯爵から聞かされて驚いた。

それは婚姻の了承、そしてエミール殿下と会うことを意味していた。

「じゃあ、ジェイクも知っているのね」

オリアナが目を向けると、ジェイクが騎士らしい綺麗な礼儀作法で応える。

「はい。俺もメルと一緒にお聞きしましたよ」

「あなた、なんというか、ほんと表情に出なくて猫被りがうまいというか……」

「畏れ入ります」

「褒めてないわよ！　メルと違って『素直じゃないわね』って言いたかったの！」

ジェイクが菓子をつまんだ。それをきっかけに別邸の時のような言葉の応酬が始まり、オリアナの声に元気が戻って場の重たい空気も和らぐ。

ジェイクは、気を詰めていたオリアナの緊張を解いてくれたのだ。

今日は、話せる時間も少ない。メルは大きな決断をしたオリアナへ、タイミングを見計らってこう切り出した。

「オリアナ様は、ご自分から両陛下へ謁見の申し入れをしたと聞きました。皆様が集まっている場でのお返事は、とても勇気が要ったと思うのです。ですから、お会いしたら、まずはこうお伝えしようと思っていました――『お疲れ様でした』」

メルが頭を下げると、オリアナが納得して小さな苦笑を浮かべた。

「それで、ずっとそわそわしていたのね。メルらしいわ。でも、大丈夫よ。あれくらい、どうってことはないわ。私は、王女だから」

オリアナが、スカートに置いた手を握った。表情は物静かな印象の微笑が貼り付いていたが、落とされた目は沈んでいた。

「……逃げないわ。お父様達が困るもの」

ぽつりと、呟かれた言葉。それが本心なのだろう。

だから昨日、彼女はエミール殿下一行の来訪に合わせたパーティーにも、きちんと出席する旨を返事した。

実は、オリアナの心境をルーガー伯爵達も心配していた。できれば聞き出してきてくれないかと頼まれていたのだが、それが一番大きな理由だったらしい。

オリアナは、別邸の件で聞けたエミール殿下の話に揺れている。

信じたい気持ちと、信じたあとで傷付いてしまうのではないかという気持ちでより不安になっていた。それは彼女にとって〝初めての特別な人〟だったから。

「…………手紙、来なくなってしまったわね」

窓の方を見たオリアナが、くしゃりと目を細めた。

本当に楽しみにしていた手紙。今だって彼女は、それを欲していた。

どうして止まってしまったのと胸が痛くなったが――メルにできることは、当日を迎えるまで、できるだけオリアナの話を聞いて不安を軽減してあげるくらいだった。

それから毎日、短いながらオリアナと会える時間が作られた。

ジークが調整し、婚姻準備や公務が続く彼女の日程に、ケアサポートの時間も入れてくれたのだ。

メルはジェイクと共に訪れ、一緒に菓子を食べながらオリアナの話に付き合った。その間も薬師に同行しての個人宅への訪問も続いた。

そうこうしているうちに、エミール殿下の訪問まで残すところ一週間を切った。

ジェイクのことを考え込み、会うたびに胸が重くなった。

「……やっぱり以前と比べると、どこか線を引いて接している気がします」

一人で抱えていられなくなって、メルはとうとう相談することに決めた。

◆

その日は、ケアサポート員としての仕事が午前中のみだった。こっそり会社で言伝（ことづて）を頼み、午後の早い時間にカフェの外席で待ち合わせた。

「それにしても、こっそり会いたいだなんて情熱的だね」

到着したルーガー伯爵が、紅茶で一息吐いてからそう言った。

「ジェイクに、知られたくなかったんです」

「おや、それはまた」

続けて茶化そうとしたルーガー伯爵が、獣目を少し丸くした。

メルは俯き、スカートの上に置いた手をきゅっと握っていた。先のジョークの言葉にも付き合えないくらいに余裕がなかった。

「おやおや、そんなに落ち込んでどうしたんだい？　とても辛そうだね。時間はちゃんと取ってきてあるから、おじさんで良ければ話を聞くよ」

彼がティーカップを置き、円卓越しに身を寄せる。

おじさんには見えないから、やっぱり違和感を覚える言葉だった。でも、落ち込んでいると言われると一層気分は沈み、メルは出張から帰ってきてからジェイクとぎすぎすしていることを話した。

店沿いの大きな通りを、何台かの馬車がゆっくりと通り過ぎていった。

「なるほどね。確かにいちゃいちゃするのは見てないな。何か心当たりはある？」

「えっ、あの……発情期熱の相談は、少し」

メルは、あまり異性にできる相談ではなくて言葉を濁した。

「恥ずかしい話でもないのだから、それが要因するとも思えないけどね。私達は、成長変化で急激に大人になる種族と言ってもいい。いきなり何もかもガラリと変わるんだ。身体が馴染んでくれるまで、反動で発情期熱などの症状も出るものなんだよ」

成人を境に、種族的な性質が出る一族だってある。

ルーツになった獣の求愛行動だったり、食の好みが一気に変わったり……発情期熱もそれと同じで、一握りの種族が持っているものだった。

「猫科の一部も発情期熱がある。だから彼も正しく知っているし、気にしないと思うよ？」

「そう、ですね。でも……」

「小リスちゃんとしては、求愛に対する情熱が冷めているようなのが気になる？」

気持ちを代弁されて、メルは頷くしかない。

「でも、それを気にしているのも不思議だよね。そもそも君は、仕事をしている間に、彼が自分への興味をなくすと考えていた」

そう続けられたルーガー伯爵の言葉に、呼吸が止まりそうになる。

「君は『考える時間が欲しい』というより、一時的な候補の求愛なら、ほとぼりが冷めるまで待とうと思ったんだろう？」

彼は責めるわけでもなく、優しい大人の目でメルを見つめていた。

その通りだった。だからメルは、ジェイクに諦めてもらう作戦でディーイーグル伯爵の提案に乗ったのだ。

それなのに、いつの間にかそんなことも忘れていた。

毎日、ジェイクの存在がメルの中にはあった。離れている間も思い返し、迎えに来る前はそわそわとして、会ったら会ったで彼の挙動や温もりを考えている。

「私、まるで、……まるで意識しているみたいじゃないですか」

メルは、かぁっと赤くなった頰を思わず両手で押さえた。

これまでを思い返すと猛烈に恥ずかしくなる。まるでジェイクの術中にでもハマッたみたいに、どんどん彼を意識して、彼のことばかり悩んでいるではないか。

ルーガー伯爵が、両手で頰杖をついてうっとりする。

「はぁ。恋をする子というのは、なんと美しいんだろうね」

「こ、ここここ恋ですか⁉」

心臓がばっくんとはねた。そんなはずはない。動揺のあまり立ち上がった——と同時に、看板の後ろで同じく大きな人物が勢いよく起立した。

「実にいい動じっぷりだ！　もっと面白くなってくれてもいいんだぞ！」

「きゃあぁあ⁉」

突然の力強い声にメルは悲鳴を上げた。

振り返ってまたしても驚いた。そこには、本日もバッチリ紳士衣装を決め込んだディーイーグル伯爵の姿があった。

「な、なっ、なんでいらっしゃるんですか！」

思わず『鷲ッ』と本能的に叫びそうになった。頑張ってこらえていると、ディーイーグル伯爵が厚い胸板を大きく揺らして豪快に笑った。

「はっはっはっ、それはもちろん面白そうな気配がしたからだよ！　っと、まぁアレだ、私は君を紹介した人でもあるわけだからね。うむ」

空気を読んだのか仕切り直すように言い足し、向かってくる。

「それにね、同じ天敵種である我々のことはちっともだめなのに、自分から頼ってジェイク・ライオネルの後ろに隠れる時点で、君は気付くべきだよ」

「気付くって……何をですか？」

「臆病で警戒心の強い〝穴蔵リス〟である君が、唯一心を許している異性である、とね」

ディーイーグル伯爵が、自信たっぷりにニヤリと言い切った。

ぽかんとした一瞬後、メルは頭の中が沸騰した。事実、発情期熱で二人きりでベッドで過ごした時ですら、彼なら大丈夫と信頼して受け入れていた。

それはジェイクが〝特別〟だから、なのでは。

そして、それは……〝好き〟という感情なのでは？

「そ、そんなはずはないです。平気で人を抱き上げたりしてきて、わ、私は危ない人だと思っていましたし。だから、その、心を許しているというわけではないと思うのです」

気付けばメルは、たじたじになって言い訳のように答えていた。ディーイーグル伯爵が、その慌てっぷりをニヤニヤ眺めながら椅子を引っ張り寄せて座った。

その時、ルーガー伯爵が思い付いた顔で口を開く。

「それなら、実際に彼も呼んで試してみようか。ちょうど、ここには私と鷲伯爵がいるわけだし、君が警戒している順でランクを付けていくのはどうだ？」

「へ？」

「それは面白そうだな。ジークがいないのは残念だが、我々だけでも数は十分だ。さ、君、彼を呼んでみなさい」

ディーイーグル伯爵に意地悪な笑みを向けられて、メルはたじろいだ。

「ど、どこにいるのかも分からないので、伝えようもありません。そ、それにこんな町中で呼んだって来るはずがないじゃないですか」

ルーガー伯爵とディーイーグル伯爵が、ほぼ同時に耳を傾けるような仕草をした。ふうんと呟いたデーィーグル伯爵が、追って手を振りつつ言ってくる。

「君、いいから。今、試しに『ジェイク来て』と言ってみてごらん」

「はい……？　今、ここで？」

「そうだよ。『来て』と呼ぶ感じで、名前を呼ぶだけでもいいから」

ルーガー伯爵も、にこにこと笑って促してくる。

何がなんだか分からない。躊躇ったのち、メルは口にした。

「ジェイク」

名を呼んだだけなのに意識してしまって、俯いて唇をきゅっと噛んだ。

無性に恥ずかしかった。からかうだけならやめて欲しい。そう思って大人達の方を見たら

――上の方向を、揃って半ば感心気味に眺めていた。

その時、暴風のごとく町中を駆ける音が、メルの獣人族としての聴覚にも届いた。

何かが、猛スピードで近付いてくる気配がする。

「一体何が……ひぇ⁉」

次の瞬間、建物の上からカフェの前にドッと人が着地した。

それはジェイクだった。いきなり目の前に現れた彼に、メルは驚愕で目を剥いた。

「な、なんで、ここにっ」

「さっきぶりだね。君が呼んでくれたら、俺はどこへでも飛んで現れるよ」

ジェイクが軍服のジャケットを整えながら、美しい顔でにこっと笑いかけてきた。

怖っ！

メルはその言葉の実現力にもゾッとした。部隊で単身動ける立場らしい彼の巡回ルートは、どうやらライオンの聴覚範囲であるようだ。

以前までなら、ここで色々と言い返せたはずだった。

けれど口を開こうとした直後、なんと言い返していいのか分からなくなった。するとジェイクが、あっさり目をそらして二人の方を向いた。

「ルーガー伯爵様、ディーイーグル伯爵様、ごきげんよう」

そう愛想よく挨拶する彼を見て、メルの胸は切なさにきゅっと締め付けられた。

やっぱり最近、どこかしつこさが薄れた。

実のところ、もう関心さえも薄れ始めているのではないだろうか。成人の証である初めての発情期熱は、メルにとって特別なものだった。けれど一緒に乗り越えたことを意識しているのも、彼女だけなのだ。

ほとぼりが冷めるだろうと待つことにしたのは、メルだ。

彼は伯爵家の四男。獣人貴族に婿入りしようと考えているのなら、他にいい候補でも見付かったのでは？

「……わ、私この後に用事が入っていたんでした！　えと、そう！　父に買い物を頼まれていたのです。ですから、そのっ、ここで失礼致します！」

胸が苦しくなったメルは、咄嗟にそう告げ、走ってその場をあとにした。

けれど、ジェイクは追ってこなかった。発情期熱の触れ合いで満足して、一時の熱意も冷めてしまった――そう思ったら悲しくて胸が痛かった。

「彼女、ああ言ってたけど、露骨な逃げっぷりだなぁ」

メルの姿が見えなくなると、ルーガー伯爵がやれやれと溜息交じりで言った。

「そうですね」

ジェイクが、向こうを見つめたまま答えた。

ディーイーグル伯爵が、面白がる雰囲気を潜めて彼に横目を向ける。しばらく、誰も何も言わなかった。

「――何か、したのかい？」

ルーガー伯爵が、困ったような弱々しい微笑みを浮かべた。風変わりではあるけれど、恋する者達を〝心から見守っている大人〟なのだ。

心配されているのが分かって、ジェイクは目をそらして打ち明けた。

「実は、出張の最終日に、彼女に発情期熱があったんです」

あの時ジェイクは、会場で彼女の異変を察知して驚いた。

メルは無垢な印象が強い愛らしい少女だった。実年齢より下に見られる。普段は庇護欲をそそるだけなので、発情期熱で見せた大人の一面には動じた。

欲情しかけた潤んだ黒真珠みたいな目、ほのかに上気した頬。色気を帯びた唇は、極上の美食のようにジェイクを誘い、その口を貪りたい衝動に駆られた。

――いや、だめだ。そんな強引なことはできない。

ジェイクは、メルを傷付けたくなかった。信頼してくれたことがとても嬉しくて、今は、彼女の心に離れられてしまうのが、一番恐い。

でも、心から愛して、欲しいと望んでいる人なのだ。愛おしい目を濡らして、心を許し本能で欲しがられた時は、さすがのジェイクも危なかった。

その白い肌に赤い花を散らして、疼く彼女のそこを自分自身で隙間なく埋めて愛する――本能で頭の中が支配され、その想像一色に染まった。

「まさか、そんなことが？　しかし発情期熱は、本来成人して三ヶ月くらいはかかると……いや、我々の成長変化も精神的なものが作用するから、彼女の場合もそうなのか」

さすがのルーガー伯爵も想定外だったらしい。

「それで、君が看病を？」

「はい。薬もなかったものですから、急きょ俺が対処しました」

「まさか襲っていないだろうね？　君ほどの若いオスがこらえるには、相当な無理がある」

メルの相談の件を思い出して、ルーガー伯爵が急ぎ確認する。ディーイーグル伯爵も唖然とした目を向けていた。

ジェイクは、すぐ首を横に振った。

「こらえました」

「そうか……。よく頑張ったね」

ほっとルーガー伯爵が息を吐く。しかし、ジェイクは初めてその表情を崩し、「褒められることなんて」と自嘲気味に前髪をくしゃりとした。

「ずっと、触りたくてたまらなかった。理性が飛びかけた時、一瞬でも『チャンスだ』とちらりとでも思った自分が嫌で……許せなくて……。メルを、怖がらせたかなって」

少し気持ち良くさせて〝熱〟を発散させる。伴侶のいない不安感を紛らわせるにしろ、おやすみのキス程度で留めるつもりだった。

それなのに途中、彼女への愛おしい気持ちが抑えられなくなった。

ジェイクは、夢中になって口付けを降らせた。熱を持った彼女の首をたまらず舐めてしまい、甘い声に興奮して官能的に口で触れた。

メルは、あれからぎこちない。なんでも言ってくれるようになっていたのに、躊躇うような間を置かれるようになってしまった。

「改めて紳士淑女の距離を守ることにしたのも、それで？」

「はい。だから反省して、しばらく少し距離を置くことにしたんです。でも……」

声を落としたジェイクは、手を見下ろした。

「せっかく求愛できるようになったのに、また、触れもしなくなるのは、辛いな」

彼女は、伯爵達に相談していたのだろうか。臆病な種族なので、滅多にないことだ。もし他に夫候補を探すことを考え出してのことだったら……そう想像して、ジェイクは胸が張り裂けそうになった。

その様子を見ていた二人が、腑に落ちた様子で目を合わせた。

「やっぱり君、ずっと以前に彼女に出会っていたんだろう？」

「はい。臆病な気質だというので、ショック療法もかねて家に飛び込んだんです。それに関しては大成功でした」

ディーイーグル伯爵に確認され、ジェイクは素直に答えた。

出会った時、天敵種だと気付かれなかったくらい相性は良好だった。そして初対面ではなかったこともあって、メルはジェイクを受け入れてくれたのだ。

まさかの告白に、ルーガー伯爵が目を丸くする。

その時、不意にディーイーグル伯爵が大笑いした。その野太い声はよく響いて、近くを歩いていた獣人族も人族もびくっとした。

「どわっははははは！　それはナイスだ！　そうしたんじゃないかと薄々は思っていたが、本当にやっていたとはね！　ぶひゃひゃひゃ、げほっ、あっははは！」

ひぃひぃ言いながら、彼は広い肩と厚い胸板を揺らして爆笑する。

「ぜひ家族揃ったマロン子爵家の反応を見たかった！　想像しただけで腹がねじれそうだ！」

「よしたまえよ、鷲伯爵。相変わらず淑女もドン引く笑いだなぁ」

友に半眼を寄越したルーガー伯爵が、なるほどと理解の表情を浮かべる。

「穴蔵リスの種族的性質から考えると、そのショック療法も有効だろうね――でも、なぜ初対面ではないことを伝えなかったんだい？」

「かなり驚かせる方法だったので、続けざまに『昔会ったことがあるんだけど覚えているか』なんて言ったら、余計にこんがらがらせてしまうかな、と思って」

ジェイクは頼りなく笑い返した。

いつか再会できる日を考えながら、ずっと考えていた。

君が好きだ、可愛い、婿入りさせてくれ……大人として会うことが叶ったのなら、彼女に伝えたいとずっと思っていた。

でも一度に全部押し付けてしまうのは、〝臆病で優しい〟彼女の負担になってしまうだろう。

そう考え、他のオスより優位に立つことなどは一切口にせず、

『君のお婿さん候補に、立候補したい』

そう、全部の思いを詰めた一番目の告白をした。

「だから、俺のことを知ってもらったあとに、話そうと思っているんです。……彼女を困らせたくないから。俺、本当に彼女が好きなんです」

ジェイクは、二人の大人に胸の内を語った。

ディーイーグル伯爵が、「いい話だ」と呟きながらハンカチを取り出し目元を拭った。大袈裟だなぁとルーガー伯爵は苦笑したが、同意の気持ちでジェイクに伝える。

「いい男だね、君は。彼女のことを、とてもよく考えているんだね。私は小リスちゃんに与える最後の仕事として、オリアナ王女殿下の舞踏会の見届けを考えているよ。――君達の恋が叶うのを、心から願ってる」

ジェイクは黙っていた。誠実な態度で二人に深く頭を下げると、巡回に戻るべく、王都警備部隊の軍服で風を切って去っていった。

「ところで、あの若い狼総帥も心配してたね。フォローしてあげたかい?」

見送ったルーガー伯爵が、ふと思い出して尋ねた。

ディーイーグル伯爵は、呼んだ店員に紅茶を注文していた。頼んだのち、椅子の背に腕を回して彼へ視線を返す。

「あの若造なら、蛇公爵が珍しく少し気にかけていたみたいでな。『そわそわされるのも面倒なので、会議が終わったら向かわせるよう仕向ける』とか言っていたぞ」

と、ディーイーグル伯爵が不意に「ん?」と眉を寄せる。

「どうかしたのかい?」

「これだと、彼女とは擦れ違いになったな」

けれどディーイーグル伯爵は、自分には関係のないことだと開き直った。

◆

――その少し前のこと。

メルが出掛けていったマロン子爵家別邸では、父であるマロン子爵が食卓の周りを落ち着かず歩き回っていた。

「うちの娘が心配だ。あんなにも人が多くいる場所へ一人で行くだなんて……」

彼はふっくらとした小男なのだが、うろうろする様子は愛らしさがあった。それは穴蔵リス種の獣人族が持つ、万人に嫌な気持ちを抱かせない性質のためだ。

「ここずっと毎日、ひっきりなしに出掛けているだろう？　昨日も一昨日も薬師、その前の日も急きょ薬を取りに行ってもいたし……、仕事をさせすぎじゃないのか？」

ぶつぶつ呟きながら、心配して右へ左へとうろうろしている夫を、マロン子爵夫人が食卓から見守っていた。

「うん、やっぱり多忙すぎる。仕事の提案をしたのは、あのやり手の鷲伯爵だろう？」

「そうですわね、あなた」

「…………あれがバックに付いていると思うと、もう足が震えそうになる……」

思い浮かべただけで、マロン子爵は立ち止まってしまった。

種族の性質上、仕方がない。しかし一人娘のことである。彼は父として、勇気を振り絞って決意する。

「娘も頑張ってる！　こうなったら、私もガツンと言ってやるぞ！」

「何をですか？」

マロン子爵が、尋ねてきた妻をキリッと凛々しく見つめ返す。

「これから鷲伯爵の会社に行き、まずは一階の受け付けでアポを取る！　そしてっ、本人を前に直接『メルにお休みをください！』と言ってやるんだ！」

彼は、堂々行動予定を告げた。妻が「まぁ」と黒い獣目を丸くする。

「あなたったら、文句ではなくきちんと頼むのですね」

それをなんと取ったのか、マロン子爵は決め顔で手を前に出した。

「止めても無駄だ。私は行く。私だって、やる時はやるんだ。こうなったら、今すぐにでも言ってきてやるんだ！」

「あなた、無理をしなくても」

マロン子爵は、その間にも外出用のコートを手早く着ていた。だが、道場破りでもするような意気込みで玄関を開けた瞬間、停止した。

なぜか、目の前にずーんと立ち塞がっている大男がいた。

大きな若い軍人の金緑の獣目を、小さなマロン子爵はあんぐりと見上げた。

え、何？　というかデカい、目付きこわ――そして『狼』。

相手の獣人族の種族を察知した直後、混乱は一気に加速した。マロン子爵の思考は高速回転したのち、種族的な本能から『え、襲撃？』へ着地する。

「ま、まっ、ま！　間に合ってます!!」

彼は用件も聞かず、新聞の営業でも断るみたいに勢いよく玄関を閉め直した。


ノックしようとした矢先、玄関が開かれたかと思ったら、数秒で閉められてしまった。

外に残された若き軍部総帥、アーサー・ベアウルフは困惑に立ち尽くす。

「……マロン一族は、揃いも揃って……」

出会った際の、メル・マロンとのことが思い出された。

メルは種族的に遠出もきついらしく、しばらく体調が良くなかったようだ。王都に戻ってきて数日後、ぎこちない空気でジェイクと歩いているのを遠目で見かけた。

それを見てから、ずっと気になっていた。

そうしたら本日の会議後、唐突に蛇公爵ジークに捕まったのだ。

『デカい図体で、延々悩んでいるとはうっとうしい。ならば俺が命令してやろう。見舞いの品を持っていけ。体調が良くなっているのかどうなのか、自分の目で確認すればいい』

どこで事情を把握されたのかは不明だが、やけに仕事ができるあの王宮のドSトリオのことを、アレやこれや考えるのは精神的によくない。

見舞い案に関しては、アーサーも良案だと思えた。

メルには、王都警備部隊のジェイクと揃って、王女の件で頑張ってもらっている。そしてエリザベスのことだけでなく、マリテーヌでも世話になった。

ひとまず、蛇公爵のオススメでサーマルブランドのクッキーを買ってきた——のだが、マロン子爵家別邸は、居留守のごとく静まり返ってしまった。

「……扉を再び開けてもらえる可能性は、なさそうだな」

メルも不在のようだ。片手に菓子袋を提げたアーサーは、困った顔で溜息をこらえた。

◆

ルーガー伯爵達のもとをあとにしたメルは、予定よりも大幅に遅れて帰宅した。

書店に立ち寄って、本を数冊みつくろっていたのだ。買った本の種類を両親に知られたくないなと考えていたのだが、玄関を開けて悩みも吹き飛んだ。

リビングの角で膝（ひざ）を抱えている父と、慰めている母の姿が目に飛び込んできた。

「えっ、門前払いしてしまったのですか!?」

事情を聞いて驚いた。どうやらアーサーが来ていたようだが、父は玄関を開けた拍子にびっくりして閉めてしまったらしい。

それでも寝込むのをこらえて、娘の無事の帰宅を心配して待っていてくれたのだ。

真っ先に無事を確認されてもいたメルは、黒い獣目を愛情深く潤ませた。

「大丈夫ですよ、お父様。軍部総帥様は、怖いお人じゃないのです。親切で、思い遣りがあって、優しい人なのです。これだけで怒るお方ではありませんから」

用件は分からなかったものの、両親には、後日お詫びをしておくことを伝えた。

そして父は安心して――安らかに寝込んだ。

母と二人の早い夕食まで済ませたのち、メルはてきぱきと寝支度を整えた。買ってきた本達をベッドに積み上げ、枕を背に座り込む。

実は、参考にしたくて、本屋で『お見合い指南書』やら結婚関連の本やらを探してきたのだ。

「『遊びをする種族の殿方の中には、触れ合いに満足すると熱が冷める方もいる』……『伴侶として相性がいい相手なら、好奇心や熱意が冷めることはないのを、仮婚約の交流期間で判断目安にするのもいい』……」

ベッドサイドテーブルの明かりを頼りに、真剣に読み進めていった。しかし深夜遅くまで頑張ってみたものの、胸はすっきりしない。

「はぁっ、頭がパンクしそうです」

残り最後の一冊。その途中、本を胸に抱えてベッドに倒れ込んだ。

長いシナモン色の髪が、シーツの上に広がった。薄地のネグリジェが乱れて白い足が見えたが、一人なのをいいことに放(ほう)っておく。

冷たいシーツに寝転がって天井を見ていると、彼に触れられた温かさが一層思い出された。発情期熱の濃密な時間が、ふと蘇(よみがえ)って恥ずかしくなった。

「そもそも仮婚約もしていないのに、淑女に平気で触れてくるだなんて……」

ジェイクは、好意をいとも簡単に口にする。

彼も遊び慣れたタイプの男性なのだろうか。しかし、よく思っていたその可能性が浮かんだ瞬間、すぐに彼女自身が首を振って否定していた。

「ジェイクは、そんな人じゃないです。……優しい人です」

そう咄嗟に思ってしまうほど、ジェイクを信頼している自覚があった。メルは、もう以前のように〝怖いライオン獣人〟とだけで見られなくなっていた。

弱くても心根の優しい男性と出会い、結婚できればいいと思っていた。

それなのに、婚姻活動を考えると最近はジェイクの存在が頭を過ぎるのだ。でも彼のことを考えると、途端に胸がきゅっと苦しくなる。

彼は、名門伯爵家の四男。

そして彼にとって、メルは婿入り先の候補の一人でしかなかった。

「さっきの本だけでなく、この本にも書かれていますからね……『好奇心や熱意が冷めるのは、候補の有力候補ではなかったから』。つまりは、その通りというわけですか」

最近あっさりとした態度なのは、メルへの関心が薄れてしまったから。

彼は、他にいい女性の候補者でも見付けてしまったのだろう。

そう考えると胸が痛くなった。悲しいからだろうか。いや、悔しいのかもしれない。だって散々翻弄してきた彼の〝好き〟は、メルだけの特別なものではなかったから。

「きっとそうです！　そもそも私っ、彼の求愛をどうにかしようと思っていたわけで……お仕事が終わって婚姻活動を始める頃には、ジェイクだって離れているはずです」

ルーガー伯爵にもらったケアサポート員としての仕事は、オリアナに関してのことだ。

エミール殿下と顔合わせが済んだあと、続けるかどうかはメルの自由だった。

「――これで、終わりにしましょう」

どうにか初対面の人とも話せるようにもなった。きっと、婚姻活動だってうまくやっていけるだろう。だから……。

ズキズキと胸が痛んで、たまらず胸を押さえて丸くなった。

メルはマロン家のためにも、お婿さんを見付けなければならない。それなのに、こんなにぐるぐる考えが回って苦しいのは想定外のジェイクのせいだ。

「おかげで、王都の滞在期間が伸びに伸びてしまっています。毎日、外出しているなんてありえない状況です。……こうなったらオリアナ様を見届けたら、すぐにでも婚姻活動に入って、そしてとっとと領地に帰ってやるのです！」

メルは勢いを付けて起き上がった。胸に載せていた本が転がり落ちて、周りに積んでいた本も崩れていく。

その時、そばに転がり落ちた本の開いたページに目がいった。そこには『自分を売り込んでいくのも大事』と指南の一つが書かれていた。

今からだって、できることはある。

早速実行しようと思い、メルはやる気に満ちて明日の計画を立てた。

五章　お仕事もクライマックスです

翌日、メルは王都警備部隊の建物に立ち寄った。

目的は、アーサーと連絡を取るためだ。以前、何かあれば相談していいと言われていたのだが、彼にどう連絡を取れば会えるのか分からなかった。

昨日訪問してきた彼へのお詫び、そしてとくに大事なのが個人的な用件だ。

「人数も多いから、ジェイクと顔を合わせる可能性は低いです、よね……」

そこには緊張したが、建物も数階分はある。速やかに方法を尋ねて退散するつもりで、勇気を出して近くにいた部隊員に声をかけた。

すると彼が来訪しているとのことで、しばらく待って再会が叶った。

「ちょうど仕事の確認で来ていたんだ。まさか、君が来るとは思わなかった」

出てきたアーサーが、そう言いながら建物へ親指を向ける。

「上の窓から、小さいのがうろうろしているなと思ったら君だった。挙動不審で目立っていたんだが、何か大変なことでも起こったのか？」

「うっ、すみません。その、……ただの種族的な事情です……」

建物の近くは、軍人が多くて緊張した。通行人もわんさかいてビクビクしてしまい、逃げ出したい衝動を歩いて誤魔化していたのだ。

アーサーは、なんとなく察した様子で「分かった」と吐息交じりに言ってくれた。

そこでメルは、まずは頭を下げて謝罪した。

「昨日は、私の父がすみませんでした」

「ああ、その件だったのか。こちらも外出中だと知らず、すまなかった」

「い、いえっ。もとはといえば、締め出してしまった父が……えっと、人見知りがすごいと言いますか……それで、あの、もしかして何か急ぎのご用がありましたか？」

まさか狼総帥（おおかみそうすい）にお詫びし返されると思っていなかったので、メルは慌てた。ごにょごにょと続けたのち、怖い見た目と違ってやはり優しい彼に尋ね返した。

アーサーが、きつい感じの獣目を不意に泳がせた。

「その、なんだ……。実は、王都に戻ったあとに君達が歩いているのを見掛けたんだが、本調子ではないように感じてな。体調は良くなっただろうかと気になって、それで、見舞いも兼ねてクッキーを持っていったんだ」

それは悪いことをした。わざわざクッキーを用意してくれていたらしい。

メルとジェイクがぎこちないのを見て、勘違いしたのだろう。

「もう体調は大丈夫ですよ、ありがとうございます。せっかく来て頂いたのに、クッキーの件は申し訳ございませんでした」

「いや、何度も頭を下げる必要はない。俺も、いきなりの訪問で悪かった」

「でもクッキーは食べ物です」

きっと高価なクッキーだったに違いない。つい、罪悪感で目が潤む。

「それについては大丈夫だ。俺も初めは困ったが、全部食べてもらえることになった。クライシスとマリアに喜んでもらえたから、いい」

唐突に知らない名前が出て、きょとんとする。

「クライシスさんと、マリアさん、ですか？」

「ああ、俺の親友なんだ」

アーサーが、その獣目を初めて穏やかに細めた。

「人族の貴族、伯爵家のクライシス・バウンゼン。その婚約した相手が、人族貴族のマリアという女の子で。ちょうど二人と、軍部へ戻る道でばったり会ったんだ」

彼にも〝特別な友人〟がいるのだ。

血の繋がりだってないけれど、家族と同じくらい大切で、魂の片割れのような存在で、ずっと幸せを見守り続けたい人――。

食べないかと手渡したら、その二人にとても喜ばれた。仕事があるのに近くのベンチに引っ張られて、一緒に少し食べたことを語ったアーサーは幸せそうだった。

「あっ、そうでした！　ところで軍部総帥様、お話があります！」

「な、なんだ」

メルは、次の目的を思い出してずいっと寄った。アーサーが、随分小さい彼女の勢いにたじろぐ。

「私っ、オリアナ様の一件を見届けたら、婚姻活動に入るんです！」

唐突にプライベートな行動予定を打ち明けられたアーサーが、首を傾げる。

「はぁ。君が子爵令嬢なのは知っているが……。それで？」

「なので、いい人がいたら紹介してください！　お願いしますっ！」

がばりと頭を下げたメルの、渾身の決意表明があたり中に響き渡った。

周りにいた王都警備部隊員が、全員瞬時に反応してそちらを見た。通行人達も含めてどよめきが広がる。

「あの女の子、何者だ!?」

「狼総帥に、恋人の紹介を頼んでいる、だと……!?」

「嘘だろっ、なんて勇者な女の子なんだ！」

アーサーは、頭が痛い様子で顔を手で押さえた。ジェイクがメルへ求愛していて、いつも二人で一緒にいるのを知っているだけに意味不明だった。

「なんでそんなことに……」

精神的な疲労感を漂わせて呻く。だがその直後、アーサーの視線が、スカートの前で重ねられたメルの震えている手にふと向けられた。

何か、覚悟を決めてきたのだろう。

近くで見ている者達も、それが伝わってきてハッとざわめきが小さくなる。

「すまないが――俺は、あまり社交が得意でなくてな。紹介できるような友人も、ほとんどいない。だから近々紹介してやれるような約束は、できないだろう」

断りの言葉を告げる声は、できるだけ優しくあろうというように柔らかかった。

メルは咄嗟に頭を上げた。アーサーがちょっと困ったような、けれど励ますような優しい笑顔を浮かべているのを見て、黒い獣目を見開く。

「だが君が婚姻活動に入ったあと、もし、何かとても困ることが起こったとしたのなら――その時には、改めて力になろう」

やはり優しい人なのだろう。その誠実な返事が、また一つメルの勇気になった。

その、ほんの少し前。

隊長のランベルトと乱闘事件を収め、ジェイクは王都警備部隊の建物に引き返した。そして、ふと外で話すメルとアーサーの姿に気付いた。

足を止めて、通行人の間の向こうの二人を見つめた直後だった。

「いい人がいたら紹介してください！　お願いしますっ！」

メルが、アーサーに頭を下げて力いっぱい言った。

一瞬、頭の中が真っ白になった。それは、『誰かいい男性がいたら紹介して欲しい』という明確な意思表示だった。

メルは、ジェイクが求愛しても逃げるくらいに臆病だ。

それなのに、そんな彼女が、アーサーに面と向かって男性の紹介を頼んでいる。仮婚約者を求めて、お見合いをしようと考えているのか。

——もしかして、俺の求愛がそんなに嫌だった？

やや強引だったのは認める。彼女が大人になったのを知った途端、居ても立ってもいられなくなった。すぐにでも、かっ攫ってしまいたいほどに。

大人になったその目に、俺を映して欲しい。

大人になったら〝恋が分かる〟ようになるというのなら、一番に会いに行って、一番に俺との恋に落ちて来て欲しい。

だからあの時、メルの婿入り募集宣言を聞いた瞬間、体が勝手に動いていた。

「あっ……」

メルが、アーサーと別れて去っていく。けれど呼び留める声だって出なくて、ジェイクはそのまま彼女を見送ってしまった。

追い駆けていいのか、分からなかった。

今もジェイクは、メルから一番目の仮の求婚痣さえ許されないままだ。

ジェイクは、彼女の婿になることを願って、約十年待った。仮の求婚痣だって、本当はすぐにでも欲しくて欲しくてたまらなかったけれど……。

初対面で〝噛み合う〟のは、彼女にはハードルが高いだろう、と――だから婿入りを立候補した時、仮婚約の件を口には出さなかった。

彼女は臆病な種族で、そして自分は穴蔵リスにとって、もっとも苦手としている猫科の肉食種のライオンだ。家族に決意を伝えた時、とても難しいことだと言われた。

「それでも、俺は……」

一番目も、二番目も、最初で最後の大小の求愛痣は彼女にだけ贈りたかった。

それは叶わないのだろうか。あの時、せめて仮の求婚痣だけでも、強引に付けさせてもらえばよかった？

でも彼女に、怖い思いをさせてまで初めての仮婚約を交わして欲しくなかった。

今、考えても、ジェイクはそれ以外の答えなんて出ないでいた。

「お、おい。大丈夫か、ジェイク？」

ランベルトの声が聞こえてハッとした。

ジェイクは、咄嗟に冷静を装って見つめ返した。だが心配そうに見つめている上司に気付いて、誤魔化しはもう意味がないんだと知った。

「大丈夫か？　……さすがのお前も、ちょっときつかったみたいだな」

気遣わしげに覗き込まれて、ジェイクはその優しい人族の目から視線を逃がした。

「隊長」

「ん？　なんだ」

ぽそりと呼んだら、やっぱり優しい声色で尋ね返された。

親や兄弟にさえ頼ることを許されない。それがライオネル一族の家訓だった。けれどジェイクは、どうしようもなく年上のランベルトに頼りたくなってしまった。

「どうしたら、女の子に大切で、とても好きだと伝えられますか……？」

地面に目を落としたまま、拳をぎゅっと固める。

ジェイクは、このやり方しか知らない。守れるオスとして強く、そして一心に「好きだ」と言葉で告げて、優しく触れて、愛情を伝えること――。

ランベルトが、悩み込んだ顔でうーんと考えた。

「俺はな、ライオンの獣人は、とても優しいリーダーで、ボスだと思ってる」

「優しい、リーダー……」

「そうだ。安心して、知らずしらず人が周りに集まるリーダー。強い、というよりは、心がどっしりと据わっていて、強く優しいボス、かな」

ちらりと目を戻すと、自分なりに考えてくれているランベルトの姿があった。往来から向けられている視線も気にしていない。

元々、王都警備部隊長として注目されている人だった。けれど彼は、自分がどう見られているかなんて、立場と役目を思えば二の次だときっぱり口にする。

『俺は、俺のことよりも、あらゆる周りを守らなきゃいけない』

そんなの気にしていられるかと、剣の指導をしていた際にそう笑って答えていた。

入隊時から、ライオネル家の令息が来たと騒がれた。隊長である彼は、贔屓もせず、まるで父親みたいにジェイクの教育を直々に受け持ってくれた――。

「大切に伝える方法なんて、お前の方がきっと一番分かるはずだ」

ランベルトが、ジェイクへ目を戻して優しい声で断言した。

「そう、ですかね……俺に分かるでしょうか」

「お前が感じて『こうありたい』って思っていることが、彼女にとっては、誰が考えるどんなことよりも正しいんだよ。まっ、俺は人族だから、獣人族の感覚で教えてやれなくてすまないな」

ランベルトが、柔らかな苦笑を浮かべる。

それを目にしたジェイクは、ちょっと傷心な笑顔で答えた。

「それで十分ですよ。隊長は、俺にとって、初めて尊敬した一番のリーダーなんです」

だから、隊長直属の班を目指したのも、ジェイクにとっては〝本当の気持ち〟の一つだった。

「さて。戻るか」

ランベルトが手を打って、王都警備部隊の建物へ足を向ける。

「来訪まで、あと一週間もない。聞いた時は驚いたが、エミール殿下の件も頑張れよ」

並んで歩きながら、ジェイクは「はい」と答えた。

「うちの一番速い鷹を使わせてもらって、すみません。昨日の返事がもう届いているとカールから報告がありましたので、すぐに書きます」

「移動している中で、迅速に、間違いなく届けられるのが、王都ではうちの伝達鷹だ。前もって言ってくれれば、先に俺の方から向こうに提案してやっていたぞ」

ランベルトが、ジェイクの頭を掴んでぐりぐりとやった。

「全く、なんでも一人で抱え込むんじゃない。それから——彼女のことも、応援してる」

ジェイクは、何年経っても敵わないなと苦笑交じりに呟いた。

「俺なりに、全力で頑張ってみたいと思います」

そう、ランベルトに約束した。

◆

エデル王国へ嫁ぐことが決まったオリアナを、エミール殿下が迎えに来る。

その来訪に合わせて、舞踏会で二人の顔合わせが行われる予定だった。

来訪まで一週間を切ると、王宮内も進む準備でにわかに騒がしくなった。メルはケアサポート員として、引き続き王宮へ通って嫁入り支度をするオリアナの話し相手となった。

――だが、ジェイクがぴたりと来なくなった。

残り六日を切ったタイミングだったので、メルは動揺した。忙しくて来られないのが理由だという。王都警備部隊員なので、緊急のことが起こったのなら仕方がない。

でも、彼がケアサポート員を休むのは、初めてのことだった。

そして一日が過ぎ、二日が過ぎても、彼は来なかった。

「今日も忙しくて来られないみたいだ」

告げるルーガー伯爵も、笑顔がぎこちなかった。

メルは、すでに一つの可能性を見越して「一人でも大丈夫です」と冷静に答えた。

彼は求愛をやめたのだろう。仕事のスケジュールを空けるほどの熱意も、なくなってしまっているのかもしれない。そう思ったら胸が痛かった。

もしかしたら、このまま『さよなら』になる予感もした。

メルの行き来については、ケアサポート会社から馬車が手配され、王宮ではオリアナを守る騎士が案内にあたった。

そうやって残りの日数も、淡々と過ぎていった。

「そう。メルは、当日は私室までは来られないのね……」

「はい……。私は王宮の者ではございませんから」

前日、最後のケアサポート員としての訪問で、メルは一人オリアナと会った。

オリアナは明日、朝からお付きのメイドに丁寧に支度を整えられ、そのまま会場へ向かう予定になっていた。

「でもっ、私も会場で見守っていますからっ」

しゅんっとしたオリアナの手を、メルはぎゅっと握って励ました。

「え？　来てくれるの？　でも人が大勢いる場所は苦手なんじゃ――」

「しっかり見届けます。ルーガー伯爵様が、会場に入れるよう手配してくださったようなのです。ですから当日は、会場から、オリアナ様を応援して見守っています」

大きな歓迎式典、そしてその後の盛大な舞踏会を思えば、臆病な種族柄、メルの手は震えそうになる。

けれど潤みかけた目に力を込めて、しっかりオリアナを見つめ返した。

オリアナが、泣きそうだった顔に満面の笑みを浮かべて、メルを抱き締めた。

「メル、ありがとう！　私っ、頑張るわ」

「それから、夜はしっかり眠られてくださいね」

「今日みたいに、不細工な顔にならないために、でしょ？　分かってるわよ」

オリアナが、ぷくぅっと頬を膨らませる。

もう、ずっとここへ通ってきた。場を和ませるための台詞だとは分かっていた。

「いえ、オリアナ様はちっともブサイクでは……」

いつものように返事をしようとしたメルは、ああ、そうじゃなくてと思った。今度は話をそらさず、彼女の手を包み込んで伝える。

「何かあれば、私が飛んでいきますからね」

たとえ夜、泣いてしまったのなら、それを泣きやませに。

オリアナが笑いをもらして「馬鹿ね」と言った。メルも同じように、笑った目尻に涙を滲ませて「はい」と答えた。

もし、当日にジェイクが来なかったとしても、変わらない。

たった一人であったとしても、メルはきっと、オリアナの力になろうと思った。

王宮を出た社用馬車は、真っすぐルーガー伯爵の会社へ向かった。

メルは、通された社長室でオリアナの様子を報告した。そして、用意していた書類を彼の方へ差し出した。

「――そうか。延長はなし、か」

ルーガー伯爵が、書面を確認して最後の印を押した。

それは、オリアナとエミール殿下の顔合わせの前日まで、と期間が定められていたケアサポート会社の雇用契約書だった。

本日付けをもって、メルは雇用期間の満期終了を迎える。

「本当に、いいのかい？」

延長をしなくていいのか、と確認されている。ルーガー伯爵のその台詞の中には、表情と同じ『もう大丈夫かい』という優しい言葉が見えた。

本音を言えば、これから踏み出す婚姻活動には、怖さもある。

でもオリアナも頑張っている。メルも覚悟は決まっていた。先延ばしにする必要はないという意思表示で、彼女はテーブル越しに令嬢の作法で頭を下げた。

「はい。私は明日の舞踏会で、オリアナ様を見届け、もう大丈夫であるのが分かったら婚姻活動に入ります」

だから、もし次に登城することがあれば、それは縁談話を求める参加者としてだ。

ルーガー伯爵は、しばらくメルの下げられた頭を見つめていた。やがて吐息交じりに「頭をお上げ」と声をかけた。

「そうか。なんだかんだ言って、私も君と話せるのが楽しくなっていたからね。ここに小リスちゃんが来るのが、今日で最後だと思うと寂しいよ」

「私もです。社交界でお見掛けした時に、お話しできるのを楽しみにしています」

「おや、言うようになったね。まっ、少しでも君の、対人の苦手意識改善に役立てたのなら、いいんだ」

ルーガー伯爵が、しんみりとした空気を払拭するように笑い返した。

正直に言うと、社交界を想像しただけでメルの足は震えている。貼り付かせた笑顔の下で、どうにか頑張るしかないと冷や汗をかいていた。

「――さて。祈りが届くよう、少しだけ力添えをしようか」

珍しく独り言を言った彼が、不意にカチリと雰囲気を変えた気がした。唐突に、見目麗しい顔を最大限に活かした、きらっきらな笑顔をメルへ向けてくる。

「ねぇ小リスちゃん？」

「は、はい？」

あまーくも聞こえる猫撫で声に、メルはカチンッと強張った。

「ははは、そんなに警戒しないでよ」

「いえ、だって、なんだかすごくあやしいというか……ディーイーグル伯爵様と似たような空気を感じる、といいますか……」

「やだなぁ、私にSっ気はないよ？　ただね、別に婚姻活動の開始を宣言していなくても、明日の舞踏会に〝令嬢として参加してはだめ〟なんてことはないんだよ？」

ルーガー伯爵の笑顔が、二割増しで輝く。

その言葉の意味を察して、メルは「え」と引き攣った声を上げた。

「ま、まさか、……私も舞踏会にきちんと参加する、わけではないですよね？」

またメイド仕様で紛れ込むことしか想定していなかった。

「ははは、その『まさか』だよ」

「えぇぇっ!? う、嘘でしょう？ だって、あの、ドレスなんて用意していませんし——」

慌てて言い訳を口にした次の瞬間、ルーガー伯爵が立ち上がり、力のこもった決めポーズでメルにトドメを刺した。

「小リスちゃん！ この『全てのカップルを見守る』ルーガー伯爵こと、私に任せたまえ！」

「え、やです。何も任せたくありません」

メルは涙目ながら、即、首をぶんぶん横に振った。

「ふっ、さらっと主張できるようになったね。でも諦めたまえ。この会社にはドレスだってたくさんある。そして私は、君のサイズのものをすでに集めて用意させてあるのだ！」

「なんでそんなことをしているんですか!?」

ルーガー伯爵が、ガシリとメルの腕を掴んだ。

「早速、君好みのドレスを探しに行こうではないか！ 装飾品の組み合わせも任せてくれ、私は女性用のコーディネートもバッチリなのだよ！」

部屋から引っ張り出しながら告げるルーガー伯爵は、わははははと気分最高潮だ。踏ん張った両足ごと廊下を滑るメルは、不安で半泣きだった。

そのあと、舞踏会に合う衣装をルーガー伯爵と選んだ。会社で手の空いていたアドバイザー担当だという女性達も交え、テンション高い声が飛び交った。

あれやこれやとドレスが引っ張り出され、装飾品も合わせられた。

ようやく決まったのは、足元が長く見える大人びたすみれ色のドレスだった。大胆に肩を出す胸元が開いたデザイン、肌との境を強調する花飾りも施されていた。スカートは二色のチュールを重ねられ、より立体感が出てロマンチックだ。

うっとりするくらいに、とても素敵なドレスである。

「こっ、こここんな高価なご衣装なんて借りられませんっ」

メルは緊張マックスでぶんぶん首を振って拒否した。

「ははは、大丈夫大丈夫。うちはレンタルのあとのクリーニングの手配まで、バッチリだから」

「そ、それに私っ、こんな主役みたいなドレスなんて着たことがないのです……！」

値段の前に、それが本音だった。飾られているだけで、きらきらと眩(まばゆ)い存在感を放つ舞踏会用ドレスなんて、メルに着こなせるはずがない。

そう思った時、ルーガー伯爵がメルの肩を抱いて優しく微笑(ほほえ)んだ。

「うん。知ってるよ」

だから、このドレスをみんなで選んだのだと、ルーガー伯爵の目は語っていた。

「きっと似合うよ。大丈夫、私のお墨付きだ」

彼がお茶目なウインクを決めた。

メルだって女の子だ。密(ひそ)かに着てみたいと少なからず憧(あこが)れを持ったことだって、彼は全てお見通しなのだ。

胸に熱いモノが込み上げて、『どうせ』だとか『私なんて』という言葉も溶けていった。

「……ルーガー伯爵様は、本当に、女の子達をよく見ているんですね」

「私は、恋する男の子だってよく見てるよ」

空気を和ませようとしてくれたのだろうか。どこか年相応の、父親のような温かな眼差(まなざ)しで笑いかけられて、メルはつられたように笑った。

「ねぇ、小リスちゃん。女の子はね、誰もがみんな主役(ヒロイン)なんだよ」

ルーガー伯爵が、エールを送るようにぽんぽんと肩を叩(たた)いて手を放す。

「当日が楽しみだね」

まるで、良きことが起こるというような、魔法の言葉みたいにメルには聞こえた。

ドレスに関しては、当日に王宮で着替えの世話を受けることになった。

すでに王女付きのメイド達から、『ぜひさせて欲しい』という返事をもらってあると聞かされた時、メルは畏れ多くてひっくり返りそうになった。

ルーガー伯爵に驚かされっぱなしで、怒涛の一日になった。

改めてスケジュールを確認した後は、彼の豪勢な馬車で送り届けられた。

帰宅を出迎えた両親は、卒倒しそうになっていた。ぐいぐい来るルーガー伯爵に精神力を削られたのか、早い夕食を済ませたのち、マロン家は速やかに就寝となった。

「……私があの美しいドレスを着て、舞踏会に……」

メルは、なかなか寝付くことができなかった。

心臓は、ずっとドクドクしていた。緊張と興奮。社交デビューの時以上に、気持ちのゆとりがないのを感じた。

でもオリアナに言った手前、メルが眠らないわけにもいかない。

明日は、しっかり彼女を見守るのだ。たとえ一人でも……ジェイクのことが脳裏を過ぎった拍子に胸が痛み、ぎゅっと目をつむった。

◆

夜が明ける。

その黎明は、次第に明るさを増して一番星と見事に調和した。

「イリヤス王国の朝は、どこで見ても美しいです。こんなにも空が澄んでいるだなんて、長い平和の証でしょうか。とても素敵です」

声変わりもしていない子供が一人、大人びた思慮深さで柔和に目を細める。

王都に入った場所の大きな屋敷。そこには王都警備部隊が特別に編成した護衛部隊も加わり、パレードの準備で屋内は大忙しだった。

その二階のバルコニーに立ち、朝の風を受けている少年の姿があった。ただ一人、ゆっくりと過ごすことを許されているその人が、金色の髪をなびかせて振り返る。

「あなたが『ジェイク』だったんですね。とても大人びているイメージがあったから、隣を歩いていた方がそうなのかと思っていました。正直、紹介された時は驚きました」

声をかけられた先には、先ほど到着したジェイクの姿があった。

「ジェイク。これまでの手紙には感謝しています。こうして直接お会いできて、嬉しいです」

「俺もですよ、エミール殿下」

「朝も早いのに、出迎えをありがとう」

そう言って頭を下げた少年は、――エデル王国の十三歳の王子、エミール殿下だ。

そんな風に挨拶をする必要などない。でも、彼は王宮から来た騎士隊にも、警備部隊にも同じように挨拶をして到着を労っていた。

「僕は、ジェイクの言葉にとても救われました。不安が次第に解けて、おかげで大切な気持ちだけを胸に〝この手紙達〟を書くことができました」

そう口にしたエミール殿下が、足元に置かれた鞄いっぱいの手紙へ優しい笑顔を向ける。

ジェイクは、その様子を見て微笑み、そしてそっと目を閉じる。

「来るまでの間、毎日ですか」

「そうです。それでも足りないくらいです」

賢王子と呼ばれる優しい王子の声は、愛情に満ちていた。ジェイクはケアサポート員としてやりとりした手紙で、彼が自身に立てたその約束を聞いていたので尊敬の念を抱いた。

エデル王国から、イリヤス王国の王都まではかなりの長旅だ。

それでもその鞄だけは、自分で持つと言ってエミール殿下は聞かなかったという。

『会って話したい』

急きょ、エミール殿下の要望でこうして一緒に待つことになった。おかげで警備部隊長のランベルトが、ジェイクがするはずだった王宮からの護衛部隊とエデル王国からの騎士団との、段取り確認を忙しく行っているところだ。

今回の王都警備部隊の選抜は、ランベルトだけでなく軍部の上層部でされた。

外部部隊の代表として、第三指揮役にジェイクが選ばれたのは実力があったからだ。でもジェイクは、必要ならランベルトに譲るつもりで付いていきていた。

彼がここに来たのは、ケアサポート員としてエミール殿下に会うために、だ。

「婚姻を告げられた時のこと、俺に何度も手紙で打ち明けてくださいましたね」

ジェイクは思い返し、目を開けた。

「はい。僕にとって、世界が鮮明に色づいたような瞬間でしたから」

答えたエミール殿下が、しゃがんで両腕いっぱいに鞄を抱いた。

「とてもドキドキして、天に舞い上がる気持ちで……とても冷静に手紙を書いていられなかった。きちんとしなければと、何度も書き直したんです」

「代筆も頼まず、立派な挨拶だったと伺っております」

「あ、ウェルズ国交大臣と会ったんですね？　そういえば、あなた方の到着を出迎えたのは彼だったか……。お恥ずかしい話ですが、何度も手紙を書き直しているのを彼も後ろから見ていました。いえ、僕があのように歓喜する姿が珍しくて、兄上達もみんな集まって」

エミール殿下は恥ずかしがったが、その眼差しはすぐに柔らかくなる。

「彼女との結婚が決まったと知らされた時、想像したんです。彼女と、結婚相手として会うところを。そして互いの声を聞いて、その手を取って」

彼は手紙が入った鞄を、ぎゅっと抱いて思いを口にする。

「僕は自分の口から、彼女に『好きです、結婚してください』と言いたい」

――それが、オリアナに届いた手紙の中に『好きだ』と気持ちが書かれていなかった理由。

ジェイクは、あと一刻もすれば町中が起きだすだろう、澄んだ青空を見た。どんなに美しかろうと、メルと一緒に眺めた空には敵わない。

「殿下のお気持ち、俺はよく分かります。本当に好きな子には紙の上ではなく、自分の声で、目で、気持ちを伝えたいですから」

ジェイクがそう言うと、エミール殿下がきょとんとする。それから、くすぐったそうに破顔して頷いた。

「ありがとう。あなたが僕のケアサポート員で、本当に良かった」

エデル王国にはないものなので、初めは驚いたものだと、エミール殿下は手紙で書いていた。そういう文化も、今後は自国に取り入れていきたいそうだ。

叶うかは分からないけれど、未来は決まっていない。

いつか、どこかで、エミール殿下とオリアナの話を聞き付けて、恋の相談所ができるかもしれない。そうなれば素敵だと思う。

「ジェイクも、誰かにとても〝恋〟をしているんですね」

そんな声が聞こえて、目を戻した。

エミール殿下が立ち上がり、優しい微笑みでジェイクを見据えていた。

「この国の獣人族は、とても愛情深く、優しいと聞きます。君の恋も、どうか届きますように」

聡明で温かな言葉が、あまりにも真っすぐだったので胸に響いた。

確かに、十三歳なのに素晴らしい人柄までお持ちだ。ジェイクは、自分の方こそまだまだだなと思わされて、苦笑交じりに目を細めた。

「——ありがとうございます、殿下」

もしも、叶うのなら君のそばがいい。ジェイクはメルを想い、そっと胸に手をあてた。

◆

迎えた当日は、雲もほとんどない青空が広がっていた。

結局は緊張で早めに起床してしまい、メルはじょじょに明るくなっていく空を眺めて過ごした。知らずしらずのうちにジェイクのことを考えていた。

気付いて後悔した。

そばにいないことが寂しい。そう自覚して、悲しくなってしまった。

けれど今日予定が入っていたのが幸いした。少しもしないうちに家族を巻き込んで騒がしさが訪れ、それどころじゃなくなった。

「ははは っ。昨日も思ったけど、君のご両親はとってもシャイだね！」

予定ぴったりの時間、迎えに来たルーガー伯爵が、馬車が走り出したところで元気たっぷりにそう述べた。

多分、あなたのキラキラした感じが苦手だったんだと思います……。

メルは、父が『間に合ってます！』と反射的に扉を閉めそうになって、母と一緒に防いだのを思い返した。ルーガー伯爵は遠慮というものを知らなくて、母は一言も発せなくなっていたし、父も白目を剥きそうになっていた。

とくに父のマロン子爵は、メル以上に臆病だ。半ば追い返すようにメル達を送り出したけれど、考えてみれば、それをシャイだと受け止めてくれる人も貴重だった。

「ルーガー伯爵様のように、今回ディーイーグル伯爵様もお呼ばれされているのですか？」

メルは気を取り直して尋ねた。

「彼は、もともと貴族枠で招待されてるよ。王女殿下の一件も、ジークが陛下から相談を受けて任されて、私が依頼をされて。彼は飛び込み参加だったからね」

「……飛び込み参加、だったのですか」

「うん。たまたま居合わせて」

どういう状況になったら〝たまたま居合わせた〟になるのか。

オリアナの婚姻は、国同士を繋げる大きなことだ。当初から彼については疑問もあって、メルは首を捻った。

「あの……ディーイーグル伯爵様は、自由に王宮を出入りしているようですが。そもそもお立場としては、どういった扱いなのでしょうか？」

「事業経営主だよ」

ルーガー伯爵に、真っすぐな目でにこやかに答えられて、いよいよ分からなくなった。

そのタイミングで、馬車が停まって話は一旦しまいになった。

到着した王宮の正面入り口には、同じように続々と馬車が入ってきていた。式典に招待された者達が、案内を受けて会場入りしていく姿があった。

開会式は、これからだ。エデル国から来た王子一行が賓客として紹介され、そして式典に移ったあと、歓迎と祝福を兼ねて舞踏会が開催される予定だった。

そこで婚姻が決まったイリヤス王国の十五歳の王女オリアナと、エデル王国の十三歳の王子エミールの初めての顔合わせが行われるのだ。

「『一緒に踊りませんか？』のロマンチックな顔合わせだよ。素敵だろう？」

ふふふとルーガー伯爵は微笑ましげだった。

「両陛下達と一緒に式典に臨んでいる間、オリアナ王女殿下付きのメイド達も空く。そこで、君の支度を手伝ってもらう予定を入れてもらったんだ」

「昨日もお話を伺いましたが、とても恐縮しています……」

王宮に上がったメルは、話すルーガー伯爵と会場から離れるように通路を歩く。

だが、どうも気になって周囲をさりげなく確認してしまった。

「……ところで、到着してから、ずっと見られているような気がするのですが」

今も、通路の兵や騎士や使用人達にチラチラと目を向けられている。

「私と一緒に歩いているのが、珍しいんじゃないかな？」

「そう、ですかね……？」

「それにホラ、君は王女殿下のケアサポート員として、一部には顔が知られているし」

なんだかはぐらかされている気もしたが、待ち合わせていた近くの控室にはすぐに到着してしまった。

そこには王女付きメイド達が待っていた。今や見知った顔とはいえ、位の高い女性達ばかりなので一斉に挨拶されてメルは一気に緊張した。

「それじゃ、私はここで」

引き渡しを終えて早々、ルーガー伯爵があっさりと別れを告げる。

「えっ？　あの、会場まで付き合ってはくれないんですか？」

メルは、慌てて彼の背に声を投げた。身支度を済ませるまで待っていてくれると思っていたから、一人で会場へ行くことを考えると震えそうになる。

「大丈夫だよ、安心して。君が一人にならないよう、もう手は打ってある」

ルーガー伯爵が、にこっと笑って軽く手を振って退出していった。

殿方がいなくなったところで、早速身支度が始まった。オリアナのメイド達は、身分高い令嬢のごとく、メルを丁寧に着替えさせていく。

「メル様には、感謝してもしきれませんわ」

「オリアナ殿下が参加の意思を表明されたのも、全てメル様達のお力添えのおかげです」

そんなことはない。彼女は王女として、初めから婚姻は受ける覚悟でいた。

ただ、最初で最後の我儘のように今回の騒ぎを起こしてしまったくらいに、手紙の『エミール殿下』が、彼女にとってとても大切になっていたのだ。

好きな人と結婚したい。

王女として政略結婚を覚悟していた彼女が、初めて心からそう望んだ。

そんなオリアナの気持ちを想像した瞬間、メルは胸がぎゅっと締め付けられた。なぜかジェイクの存在が脳裏を過ぎり呼吸もままならなくなる。

身体の奥が、切なくなるような苦しさ。なのに甘くも感じて、初めての感覚に驚く。苦しいのに、彼のことを考えずにはいられないような甘美な胸の痛み——。

「メル様、髪はそのままで良いのですか？」

声をかけられてハッとする。とっくに着替えは終わっていた。

「あっ、はい。大丈夫です。目立つ必要はありません、から」

ふと、メルは鏡の中の薄化粧をした自分と目が合って、驚いてしまった。

そこには、美しいすみれ色のドレスを着こなした令嬢がいた。ずっと子供みたいだと思っていたのに——そこに映ったメルは、どこからどう見ても〝大人〟だった。

「綺麗（きれい）……」

まるで幼い頃（ころ）に読んだ絵本のお姫様のようだ。とても自分だとは思えなくて、ぽかんとした拍子に体の緊張も抜けてしまっていた。

「そうですよ、メル様。肩の力は抜いてください」

「えっ？　あ、はい」

「それが、美しいご衣装を着こなすコツですわ」

隠すものがなくなった白い肩を、年配のメイドが優しく撫でる。横から他（ほか）のメイド達も顔を覗かせてきて、なぜかウインクなどの励ましを送られた。

なんでしょうか。皆様、どこかワクワクされているような……？

そんな疑問を覚えていると、メイド達が手早く動き出した。控室から出されてすぐ、入り口に立っていた警備兵に声をかけられる。

「メル・マロン様。お連れ様がお待ちです、五番入口までお願いします」

「連れ……？」

身に覚えがなくて首を捻った。けれど待たず「こちらです」と案内されてしまい、不思議に思いながら警備兵の後に続いた。

間もなく、会場の五番入口が見えてメルは驚いた。

そこにはジェイクが待っていた。彼は軍の礼服に身を包んでいて、王都警備部隊の中での現在の地位を示す装飾品や、片マントなどしっかり着込んでいる。

着飾ったジェイクは魅力的で、彼が着ると貴族礼装に見えた。

「あ、あの、どうして」

向かい合わせて立っても、メルはいまだ信じられなかった。そのまま興味をなくされて、もう会わないのかもしれないとまで思っていた。

それなのに、ここ数日ぱったり来なかった彼が、今、目の前にいる。

「俺は、君の護衛騎士だからね」

ジェイクが、どこか弱々しく紳士的な落ち着きで微笑んできた。

ケアサポート員として、最後の仕事であることを言っているのだろうか。けれどメルは、彼の王都警備部隊での礼服姿を改めて目に留めてドキドキしてしまった。

「オリアナ様のこと、見届けに来ないかと思っていました」

こうして会うのは約一週間ぶりで、緊張と恥ずかしさに唇を尖(とが)らせた。

「俺はそんな無責任な男じゃないよ。……少し、忙しくて」

ジェイクが珍しく言葉を詰まらせた。どこか少し寂しげで、そして緊張しているようにも思えた。それは、もうメルへの気持ちがないと気付いた後ろめたさから？

そんな想像が過ぎって胸が苦しくなった。ぎこちない空気で居続けるよりは、互いのためにもここでハッキリさせた方が――。

「メル、それじゃあ行こうか」

尋ねようかどうしようか迷っていると、ジェイクが手を差し出してきた。会場入りをエスコートしてくれるらしい。

これで、最後だったりしたら……。

そう思ったメルは、言葉を呑み込んで彼の方へそっと手を伸ばした。

指先をゆっくり握り込んだ彼の手から、緊張しているのが伝わってきた。見上げると、優しく細められたジェイクの金茶色の獣目とぶつかった。

「綺麗だよ。メル」

その言葉は、きっと、メルだけのものじゃない。

彼は他に、婿入り先の候補となるような、仮婚約してもいいと思える女性を見付けてしまっただろうから。

だから会いに来なかったんでしょう？

メルは胸が締め付けられた。それと同時に、その奥で甘く高鳴る鼓動を感じた。獣人貴族の令嬢として『あなたも素敵ですよ』と社交辞令でも返さなければならないのに、それができなかった。

上辺の言葉として片付けられなかった。それを社交辞令で受け取られることを思ったら、心が切なく震えた。メルは本心から、今の彼を〝素敵〟だと思ったから。

「――行こう。おいで」

ジェイクは、メルからの返事を求めなかった。優しく導いて共に会場入りした。それは優しさからの配慮なのか。それとも、それさえも求められていないのか。メルは落胆した。大勢の参加者達への緊張も、彼のそばならそれさえもなかった。

――ちょうど会場内では、式典に続き舞踏会開幕の挨拶がされていた。

◆

挨拶の言葉が終わって舞踏会が開幕した。演奏曲が流れ出すと、早々に多くのペアができてダンスも始まった。

みんなのお目当ては、これから登場するオリアナ王女と、エデル王国のエミール王子の初の顔合わせである。それまでダンスや賑(にぎ)やかな談話で紛れさせる魂胆だろう。

公爵令嬢エリザベスは、内心荒っぽく思うくらいに大変不機嫌だった。

仮婚約の証である、小さな求婚痣が付いた手をわざわざ上に腕を組んで、美しい顔をむすっとしている。

「何を怒っているんだ？」

その向かいには、遅れてやってきた軍部総帥アーサー・ベアウルフの姿があった。仕事途中に着替えた彼は、軍の礼服で、髪をざっくりセットしている。

大きな彼を堂々睨み上げていた小さなエリザベスは、ふんっと顔をそむけた。

「わたくしなんて、あなたにとって候補の一人に過ぎないんでしょ」

社交デビュー後、成長変化が終わったら一番目の仮婚約者にして欲しいと、押しに押してアピールした。そうしたら〝直後に求婚痣をもらう〟事態となり、社交界を騒がせた。

『成長変化中、連日通われたらしいぞ！』

『汗だくの手に求婚痣を付けたんだろう？』

『もしや本命だったりするんですかね？』

『なんて積極的！　エリザベス様、羨ましいですわ！』

エリザベスだって、あの時は期待した。

獣人貴族の中で、もっとも注目されている最強の獣人、ベアウルフ侯爵家の嫡男であるアーサー・ベアウルフ。その初めての仮婚約者になった。

だが、かなり頑張っているものの進展はない。

ただ押しに負けて、ひとまず仮婚約を了承することにして噛んだ。それとも周りが仮婚約くらいしろと煩いから、とりあえずは噛んだ……？

彼の場合、どちらの可能性もありうる。でも、エリザベスにはアーサーしかいないのだ。

「わたくしが、子供だから――」

ツキリとした胸を手で押さえた拍子に、言葉がこぼれそうになってハッと口を閉じた。

もう身体は大人なのに、二十歳になった年上の彼は、まだ十六歳だと言っていまだエリザベスを子供扱いだ。

やや強引に仮婚約の求婚痣をもらったようなものであるし、他にちゃんとした候補者を作ったりしたらどうしよう、という悩みはずっと尽きない。

子供だから本気にしてくださらないのですか――なんて告げたら、また子供扱いされるかもしれない。けれど、これだけは、どうしても伝えずにいられなかった。

「………あなたが、別の女性と踊るのを見るのは、嫌ですわ」

実に子供っぽい言い分だ。反応が気になってちらりと見上げたら、少し考えてから、顰め面で首を捻るアーサーの姿があった。

相変わらず鈍い。エリザベスはイラッとしたし、意外とそういう少年染みたところがある大男の彼に、胸はきゅんきゅんしまくった。

「ああもうっ。だから、わたくしが言いたいのはっ――」

「俺は、お前以外とは踊らないが」

唐突に遅れてそう答えられ、エリザベスはポカンとした。

今日は、彼の〝親友〟も参加していない。それなのに、社交を苦手としているアーサーが舞踏会にまで参加するなんて、滅多にないことだ。

「え、だって、お仕事が多忙なのにわざわざスケジュールを空けていらっしゃっていて……てっきり、誰かと踊る必要もあって参加されたのかと」

するとアーサーが、高すぎる位置にある頭を、少し屈めてエリザベスと目を合わせてきた。

「お前が来いと言ったんだろう。だから、来た」

「え……？」

「今日の舞踏会で、お前がどうしても踊りたいと言っていたから、とりあえず仕事の合間を縫って礼服で参加したんだ」

そう言ったかと思うと、アーサーが手を差し出してきた。

「それで、踊るのか？」

エリザベスは、自分だけを見つめてくれているアーサーに見惚れた。頬を上気させ、早鐘を打つ自分の鼓動を聞きながらその手を素早く取った。

「も、もちろん踊りますわ！」

ダンスする場所へ二人で向かう。一緒に歩き出したエリザベスは、随分高い位置にある彼の顔をしつこいくらい見つめる。

「わたしくだけ、ですの？」

「だから、さっきからそう言っているだろう」

「他の誰かに、さっきわたくしにやったみたいに、手を差し出したりなんてなさらない？」

「はぁ。俺はダンスは得意じゃないんだ。踊るのは、一人で十分だよ」

社交は不得意、礼服などをきっちり着込むのも苦手。かといって紳士の嗜み程度のお遊びや女性遊びさえもしない堅物で、こういう場もできるだけ来たがらない。

そんな彼が、彼女のために来てくれたのだ。

エリザベスはたまらずアーサーの腕に抱きついた。

「いきなり抱きつくと、危ないぞ」

言い方もロマンスがない。でも、その大きな手はエリザベスが倒れてしまわないよう、腕に優しく添えてくれてもいる。

「ふふっ、今はそれで許してさしあげますわ！」

「はぁ……また急に機嫌が良くなったなぁ」

よく分からんと顰め面をするアーサーの横顔に、エリザベスは胸が甘く高鳴った。

好き、彼が好きだ。その横顔も、全部大好き。彼女はアーサーの腕をぎゅっとすると、頬を押しあてて可憐な少女のように笑顔をほころばせた。

「肩を抱いてエスコートしてくださるのなら、わたくし、もっと上機嫌になりますわよ」

「それで機嫌が戻ってくれるのか？」

「機嫌？　そうですわね、怒っていたとしても許してしまうと思いますわ」

「なんだ、そんなことでいいのか」

不意に肩を抱き寄せられ、彼の身体に押し付けられてエリザベスは驚いた。先ほど怒っていたのもこれで大丈夫と、アーサーが一人納得して再び歩き出した。

「……こ、これはっ…………まさかの『密着したカップルの歩き』……っ！」

たぶん、彼はやったことがなくて勘違いしているのだろう。ただの仮婚約者なのに、はたから見ると、人族の熱々なカップルの組み合わせみたいじゃない？

でも最高だったので指摘せず、ただただエリザベスはアーサーの腕の中で悶えた。

◆

舞踏会のメインイベントとして、エミール殿下とオリアナのダンスが予定されている。

その対面場所は、両陛下の席から向かって正面のダンスフロアの真ん中だ。

よく見える場所を求め、メルはジェイクに手を引かれて会場内を移動していた。舞踏会が始まった会場内は、美しい宮廷音楽が流れている。

「殿下達が踊るのを見るのなら、楽団脇からの方が一番いいらしい。そこへ行こう」

ジェイクは、迷うことなく人混みの中を進んでメルを案内する。

「あの、どうして知っているんですか？」

「出入りしていた時に、リハーサルをしていた彼らが教えてくれたんだ。ほら、あそこ。演奏のタイミングを見るために、立ち見する人の数を制限しているんだって」

出入り？　つまり前日にも、彼はこの会場に立ち寄ったのだろうか。

そんな疑問を覚えた時、息苦しかった人混みを抜けた。演奏を続けている楽団がいて、それを脇目にジェイクが舞台の階段へ踏み込む。

「だめですよっ。ここって式典で使われたばかりの舞台ですっ」

メルは慌てて手を引っ張った。

「大丈夫だよ。誰にも怒られないから」

ジェイクが優しく手を引き戻して、安心させるように笑いかけてきた。

「ケアサポート員として見届けたいと説明して、もう許可はもらってある。近衛(このえ)騎士隊にも協力してもらえたから、君の苦手な軍人も近くにいない。落ち着いて見られると思うよ」

いつ、そんな話をしたのか。そう思っている間にも、ジェイクに導かれて一緒に舞台へと上がった。

「メル、こっちだ」

手を解いた彼が、舞台奥にある厚地のカーテンの端をめくって、メルを手招きする。

無人の舞台にいるままの方が悪目立ちしそうだ。メルが小走りで厚地のカーテン裏に身を滑らせると、ジェイクも速やかに入ってきた。

「さすがに舞台から堂々と見るのはだめだから、ここでこっそり、ね」

ジェイクが、お茶目に唇の前に人差し指を立てる。

それはそうだろう。ルーガー伯爵達と違って、特別に席を用意される身分ではない。

舞台背景である厚地のカーテンの後ろは、狭い通路になっていた。並んでいると彼の体温を感じて、メルはそわそわしてしまった。

変だ、身体がむずむずするような、胸がくすぐったいような……。

すぐそばから感じるジェイクの〝匂(にお)い〟に落ち着かない。なんだか獣歯も、そわそわするような妙な感じがするというか――。

その時、大きくシンバルが打ち鳴らされてメルはびっくりした。

「うぎゃ――もがっ」

「メル、落ち着いて。大丈夫だから」

口を手で押さえてくれたジェイクが、肩を抱き寄せてメルをなだめる。

薄暗くて助かった。肩から直接彼の体温が伝わってきて顔が赤くなったメルは、彼が気付かず手を放してくれてホッとした。

「そろそろオリアナ様が入場してくるよ」

ジェイクが、カーテンに隙間(すきま)を作ってメルに教えた。

「あっ。その合図の音だったんですね」

演奏音が不意に柔らかくなり、どこか登場を予感させる音楽へ変わる。

二人で厚地のカーテンからこそっと覗き込んだ。今回は両国の姫と王子へ配慮して、みんながダンスを踊る中での自然な顔合わせが設定されている。

ここからだと、その特別なスペースがよく見えた。

優雅に踊る男女達が、その場所をちらちらと見ている。メルも、ドキドキして固唾を呑んだ時だった。

十五歳のオリアナ王女と、十三歳のエミール王子が進み出てきた。

自然な対面を、と事前に通達があったけれど場の声が静まる。両陛下が、正面席からエデル王国の賓客達を見守る中、二人が中央で対面を果たした。

時を忘れたように、しばし互いの姿を見つめ合う。ハッとして同時に頬を染めた。

「こうしてお会いできて、とても嬉しいです。……なんだか、気恥ずかしいですね」

エミール殿下が、恥じらいながら切り出した。

「は、はい。そうですわね」

美少女と見紛う彼の顔を、ぼうっと見つめてしまっていたオリアナが慌てて答えた。

その時、エミール殿下が、自国から付いてきた騎士の一人を呼んだ。

「これを、君に」

鞄を受け取った彼が、それをオリアナへと差し出した。

「これは……？」

尋ねたオリアナが、ふと鞄から見えるたくさんの手紙に気付いて目を見開く。

「エデル王国を発(た)ってから、今日の朝まで、毎日書きました。君を思って」

「わたくしを……？」

こっくりとエミール殿下が頷く。

オリアナが頬を薔薇(ばら)色に染めた。きゅっと唇を噛み、その鞄を受け取って両手でぎゅっと胸に抱えた。その後ろでイリヤス王国の近衛騎士が待機する。

「わたくしが読んでも、いいのですか？　全部？」

「はい。でも……」

「でも？」

「できれば僕の口から、見たもの、聞いて感じた全てを君に伝えたいのです。……その、よければ、そのあとに手紙を読んで頂けたらな、と」

恥じらいに初めて彼が目を伏せる。オリアナが「あっ」と目を見開いた。

「もしかして、手紙が短かったのは」

「そうです。僕は、自分の口で言いたかったんです」

エミール殿下の目が、熱い思いを宿してオリアナに戻った。

「君が、かけがえのない特別な存在になっていたから。大切な言葉は、自分で伝えたかった」

そばから近衛騎士が動き出し、オリアナの手からそっと鞄を受け取る。

見惚れて動けないでいる彼女へ、エミール殿下が歩み寄って王子の礼を取った。

「オリアナ王女、手紙を通して、僕はあなたに心を奪われました。手紙が届くのが、僕の一番の喜びになっていました」

「わ、わたくしもですわ。殿下からのお手紙が、とても嬉しくって」

オリアナが目を潤ませた。感極まったのか、言葉は続かない。

二人の眼差しが熱を帯びる。エミール殿下が、ふんわりと微笑んで告げた。

「美しく、愛らしいオリアナ王女。僕はあなたが好きです。どうか、僕と結婚してください」

もうオリアナは、彼しか見ていなかった。

差し出された掌(てのひら)に、指先を添えて一度、二度、そして三度と頷き返した。

「はい、エミール殿下。わたくしもあなたが好きです。どうか、あなた様の妻にしてください」

その瞬間、わっと周りから歓声が上がった。祝福を送るような演奏音の中、まるで大勢の人の中にいるのも忘れたみたいにオリアナとエミール殿下が踊り始めた。

たくさんの祝福。幸せそうな二人――その光景は、とても美しかった。

「良かった……っ。良かったです、オリアナ様」

メルは感動に心が震えた。やはり誤解だったことが分かってホッとしていると、ジェイクが穏やかに目を細めて耳打ちしてきた。

「手紙のことだけど。彼は婚姻の知らせを受けた時、嬉しすぎて緊張したらしいよ」

「どうして、それを……？」

「俺が、彼のケアサポート員に立候補した。文通をさせてもらって分かったよ。彼は、『好き』は自分の口から言いたかったんだって。十三歳なのに、とても聡明なお方だよ」

その言葉に心から安堵した。王都警備部隊の仕事が忙しい中、彼がエミール殿下側のケアサポート員まで両立していたことに尊敬した。

『好きは、自分で言いたい』

そのエミール殿下の気持ちが、メルの胸にも響いた。

目を戻してみると、彼は潤んだ熱い瞳にオリアナだけを映し続けていた。彼女の目も、踊っているエミール殿下しか見えていないかのようだった。

「オリアナ様は、彼ときっと幸せな夫婦になれますね」

いいな、という思いであたりのペア達を見渡した。誰もが、恋する相手と踊っていてとても幸せそうだった。

それを目にした途端、胸が切なく締め付けられた。

メルにはパートナーがいない。知らない大勢の人の中で踊る勇気だってないけれど、でもいつかは、自分もああやって誰かと踊ってみたい――。

「君の相手は、俺じゃだめ？」

その時、後ろからジェイクに抱き締められた。

彼は一体何を言っているのだろう。けれど包み込む温もりに驚いている間にも、そのまま引き寄せられて耳元で囁かれる。

「今日が終わったら、君が婚姻活動をすると聞いたよ。――次のパーティーで踊る人の候補でも、見ていたの？」

そんなんじゃない、という否定の言葉は出てこなかった。

不意に悲しくなった。今はこうして抱き締めていてくれているけれど、彼とは今日でもう会えなくなる。メルは明日から、彼以外の婿入りしてくれる誰かを探して、婚姻活動に臨まなければならないのだ――。

「きゃっ。な、何をしているんですかっ」

突然、ジェイクが耳へ口付けてきてメルは慌てた。彼は頬に、そして首にも続けてキスを落としてくる。

ここは舞台にある厚地のカーテンの後ろだ。焦るが大声は出せない。それに暴れてしまったら、隙間から誰かに見られてしまう可能性だってある。

「ごめんね。実際に他のオスを見ているのを前にしたら、冷静でいられない」

「わ、私は別に、殿方を見ては——あっ」

ちゅくり、と首の柔らかな肌に吸い付かれて体が跳ねた。

「俺の方がオスとして君を満足させられる。たとえまだ君の一番じゃないとしても、他のオスになんて絶対に渡したくない」

ジェイクが味わうようにそこを舐めた。舌を這わせ、唇で頸筋をなぞり、ちゅっちゅっとキスをしていく。

口付けられている首元に歯がこすれるのを感じ、メルは本能的にビクッとした。

「歯を立てちゃ、だめですっ」

だが、ねっとりと舐められて吐息が甘く震えた。触れられる感触にぞくぞくした。

あの発情期熱の日に、ベッドでも感じた彼の熱い吐息だけで力が抜けそうになる。その行為がなんであるのか、成人したメルはとっくに分かってもいた。

「たまらないな。ちゃんと感じてくれているんだね」

「ジェ、ジェイク、いきなり正式な求婚痣を噛むのは、本当に、だめです」

震える吐息でどうにか伝えたものの、背筋が甘く痺れて立っていられず、目の前にある厚地のカーテンを掴んだ。

大人になったメルの身体は、首元に反応してしまう。獣人族は正式な求愛の噛み位置が違っていて、ジェイクが首の後ろを執拗に舐めてくるのは、猫科特有の求愛行動だった。

それは本来、本婚約をしたのち〝初夜の前の婚姻式〟として行われる。

深く噛み合って一族固有の大きな求婚痣を刻むので〝性的にも気持ち良くして〟痛みを和らげてからされるのだ。

「無理やり噛むなんてしないよ。たとえば『噛んで』と、ベッドの上で君の口から懇願させることもできる」

「そっ、そんなこと……！」

初心なメルは、想像がかき立てられてかぁっと顔を赤くした。

彼に思い切り噛まれ、メルも彼を強く噛む。人生で一度きりの結婚の約束。それを妄想すると緊張するのに、同時に胸は甘く高鳴って全然〝嫌だ〟という気もしていなくて。

でも、興味も冷めてきているので、しないのでしょう？

唐突に現実を思い出して、一気に熱も引いた。不意にジェイクが止まる。

「……けど、反則だからしない」

掠れた声でそう言われた。かき抱くように抱き締められたメルは、咄嗟に恐怖で身が竦んだが、ふとその腕が小さく震えているのに気付いた。

あのジェイクが、怖がっている……？

そう感じて声をかけようとした時、ジェイクに謝られた。

「ごめん、メル。また君を怖がらせるつもりは、なかったんだ。……君に会えなくて、とても辛かったんだ」

「ジェイク……」

「顔を見たかった、声を聞きたかった。誰かに心を奪われてしまうんじゃないかと心配で、たまらなくて。君が、こうして他の誰かを、異性として見ているのかと思ったら」

彼が言葉を詰まらせた。込み上げる思いを必死に整理しようとしているのが、腕の震えから伝わってきた。

「それなら、どうして来てくれなかったんですか？」

そう思っていてくれていたのなら、会いに来て欲しかった。

そんな自分の本心に気付いて涙が込み上げた。顔を見たかった、声を聞きたかった、それはメルだって同じだった。

「だって……この前の発情期熱で、俺は君を困らせてしまった。あの翌日、反省して緊張して待っていたら、部屋から下りてきた君はぎこちなくて」

「えっ？　反省？」

「初心な君に、必要以上に触ってしまった自覚はあった。本当にごめん、我慢が利かなくて君を怖がらせた。……我儘な願いかもしれないけれど、どうか嫌いにならないで欲しい」

抱き締めるジェイクの手に力が込められた。

小さく震えていて、彼はそれを怖がっているんだとメルは分かった。

「君に『大嫌いだ』と言われるのを想像したら、心臓が止まりそうになった。だから反省も込めて、距離を置いたんだ。どうしたら許してもらえるだろうって、ずっと考えてた」

メルは、身体の奥が切なく甘く締め付けられた。

今も彼は、真剣に悩むほど大切に思ってくれている。それなのに一方的にひどい誤解をしてしまった。彼は来てくれなかった間もずっと、メルのことだけを考えてくれていたのに。

「反省、なんてしなくていいんです。嫌いになんて、なってません」

泣き出しそうになったメルは、けれど打ち明けてくれた彼に誠心誠意伝える。

「初めての発情期熱で、私もとても不安でした。でも、ジェイクがいてくれたから……あなたが『大丈夫だよ』って言って、励ましてくれたから乗り越えられたんです。だから、あの時は、ありがとうございました」

肩越しに目を合わせたジェイクが、不安そうな表情を浮かべた。

戸惑う彼の腕から力が抜ける。メルは身をよじると、向かい合って真っすぐ見上げた。

「たくさん悩ませてしまって、ごめんなさい」

「メル……改めて言われたら怖いよ。俺は、君の理想にはなれなかった？　君を失望させてしまって、もう、そばに行くこともだめ？」

見下ろすジェイクは、とても心細くて悲しそうだった。

「私はジェイクに失望していません。だめだとも思っていません」

「でも、俺は」

「何を焦っているんですか？　大丈夫です。ジェイクは頑張っていて、とても偉いです」

メルは手を伸ばすと、彼の柔らかな黄褐色の髪に触れた。そのまま「いい子、いい子」と撫でると、近くから見下ろすジェイクが目をくしゃりとした。

その優しい金茶色の獣目は、弱々しくなると少し少年染みて見えた。

『気にしないでいいよ。……痛いけど、僕らにとって普通のことだから』

唐突に、弱った少年の声が蘇ってメルはハッとした。

濡れたその金茶色の獣目に、しまい込んでいた記憶が引っ張り出される。

——雪の上に仰向けに倒れ込んだ、ボロボロになった男の子。

それは約十年前の記憶だった。両親と、毎年の冬の楽しみである木の実探しに、王都近くの静かな別荘地へ行って散策した時のことだ。

そうしたら、寒いのに防寒着も着ていない男の子が現れた。

向こうからふらふらと歩いてきたかと思ったら、後ろにひっくり返った。けれど心配して駆け付けた幼いメルに、その子は言ったのだ。

『ただの〝教育〟なんだ。うちの父親に、されただけだから』

崖から落とすような親。これが普通。だから平気だと彼は言った。

でも、語っている時の目は濡れていて、平気ではないことを幼いメルに伝えてきた。

だって傷だらけで、とても痛そうだった。すぐには立ち上がれないほど疲弊していた。見ていると涙が出そうになった。けれど、子供だから何もできなくて――。

『頑張ったんだね』

頭をなでなでしてあげたら、その子は泣きそうな顔で笑った。

その優しい目鼻立ちが、大人になった目の前のジェイクに重なる。そんな、と、メルは黒い獣目を見開く。

「もしかして、昔、私と会ったことがありませんか？」

そもそも、初めから彼に平気であることに疑問を抱くべきだった。

ディーイーグル伯爵もエリザベスも、口にしていたではないか。穴蔵リス種なら、会ったばかりの人の〝匂い〟に、強い警戒反応を示すはずだ、と。

「ようやく思い出してくれたの？」

ジェイクが、このタイミングじゃなくても良かったのにと弱ったように笑った。

「そうだよ。あの冬の日……、両親と少し離れて、奥まで木の実を集めに来ていた君が遭遇した『狸（たぬき）』だと勘違いした少年が、俺だった」

メルは驚いた。それは約十年も前の話で、彼女は当時八歳だったし、倒れ込んだ男の子も、今の彼に比べると随分小さくて細身だった。

つまりメルが誰か分かっていて、彼はあの日、家に来た。

「でも、約十年も……？」

メルが信じられない思いで目を丸くしていると、ジェイクが困ったように笑った。

「そんなに見つめられると、困るな。君が可愛らしすぎて」

「かっ、可愛らしいって！」

「うん、ごめんね。でも、一目惚れだったんだ。俺は心底君に惚れてる」

メルの心臓は大きく跳ねた。

事実である彼の『好き』の重さを理解した今、それはこれまでのどんな言葉よりも、強烈に彼女の胸を甘く射抜いた。

出会ったのち、一切会うことのなかった、長い片思いだ。

「君が、いつか成長変化をして大人になったら、仮婚約を申し込もうと思った。好きな子のために在りたいんだと父達に頭を下げて、許可をもらって王都警備部隊に入った」

ジェイクが、そっと腕を放した。

「君は小リスで、俺はライオンだから。どうやったら怖がらせないでいられるか、俺自身を見てもらえるのか考えた。本当は一番に求愛の証を贈りたかったけれど、家を通さず仮婚約の判断を強制しない方法に決めたんだ」

「だから個人対面でのアプローチを……？」

「うん。でも、家に飛び込んだ時の俺は、少し冷静さを欠いていたのは認めるよ。声をかけるのは君が大人になったらと決めていたから、会えるんだと思ったら、嬉しくって」

ごめんねとまた謝ってきた彼に、メルは首をぷるぷると左右に振った。

また、自然と速まった胸の鼓動に、無意識に手をあてた。

『俺も、君一筋だよ』

以前、一途な人がいいとメルが言った時、そう彼は返してきた。

それは本当のことだった。魅力的なプロポーションをしたエマを前に、理想はメル自身だと平気で述べてきたのも彼の本心で――。

「かっこよく決めるつもりだったのに、強くないところを見せてしまったな。また、俺が君を困らせてしまった」

先ほどのことを言っているのだろう。ジェイクが、参った様子で頬を少しかいた。

「殿下の件も安心したところだし。よければ、これから一緒に踊らない？」

「え？」

「本当は、スマートに誘うつもりだったんだけど……ルーガー伯爵様から、メルも参加させると聞いて、もしかしたら踊りたくなるかなって」

まさに彼の言う通りだった。

すっかり察せられていることに、特別な優しさを感じて胸が甘く疼いた。彼の優しい獣目に柔らかく微笑みかけられて、打ち明けられる前よりもドキドキした。

メルだって踊ってみたい。でも……彼女は俯く。

「私、その、すぐに向こうの人達の中に入っていく勇気がなくて」

「そこでなければ、俺と踊ってくれる？」

目を戻すと、断られなくてホッとしているジェイクの顔があった。

「ダンスフロアに飛び込むのは難しいかもしれないと思って、実は場所を作っておいたんだ。昨日の夜までに完成して良かったよ」

「場所を？　ま、まさか、もしかして私のために……？」

「うん。王宮側の人達に頼み込んで、一部を貸してもらったんだ」

彼がメルのところに来なかったのは、王都警備部隊の仕事とエミール殿下の件に加えて、わざわざその場所を作っていたからのようだ。

王宮に出入りしていたから、ここの人達と会話をする機会があった。

その時、メルは聞こえてきた言葉にハッとした。

「君が、軍部総帥に『いい男性がいたら紹介して欲しい』と頼んでいたのを見たんだ」

語るジェイクの表情は、少し寂しげだった。

「俺以外の人との仮婚約を考えていると知って、すごく悩んだ。その少し前に、ルーガー伯爵から君も舞踏会に参加させるつもりだと知らされていて」

違う、と咄嗟に言いたくなった。

それは彼が求愛をやめたと思って、自棄になったからだと気付いた。メルにとっても、とっくに彼が〝一人だけの特別な人〟になっていた。

「俺が、君にできることはなんだろうって考えた」

その時、ジェイクにそっと手を取られた。

一心に見つめられて、目をそらせなくなった。少し濡れた彼の金茶色の獣目が、美しい輝きを宿してメルの顔を映し出している。

「そうしたら俺は、強くてかっこいいと見直されるより、君に喜んでもらえる方がいいなと思ったんだ。ドレスを着てくる君にも、舞踏会を楽しんで欲しいなと思った」

「だから、私用に場所を作ったのですか……？」

「うん。庭仕事もしたことがなかったから、そんなに上等ではないけれど」

はにかんだ彼を見て、メルの胸はいっぱいになった。他の誰かを選ぶかもしれない焦りをこらえ、彼はメルに笑って欲しいがために全ての時間を費やした。

「私は、私のことでいっぱいだったのに――ジェイクは、私のことばかり考えているんですね」

声が震えそうになった。

ジェイクが、ちょっとだけ弱ったように笑った。

「君が喜んでくれるかなとか、笑ってくれるかなとか、そんなことばかり考えてるよ。俺はライオンの獣人だから、君に戸惑いを与えてしまうところも多くあるかもしれない」

いつもの彼はどこへ行ったのか。自信がなさそうに頬をかきながら弱音を伝えてくる彼を、メルはすごくハンサムだと思った。

ジェイクが、改めるように手を解いて紳士の作法で誘う。

「これから少し、俺にお時間をくれませんか？」

メルは、身体の奥から甘く切ないものが込み上げるのを感じた。好きだと自覚した人に、素敵に誘われればもう頷くしかない。

「はい」

メルはジェイクに手を引かれて、カーテンの後ろから出るとこっそり会場をあとにした。

◆

会場の裏口から出て、廊下の階段から庭へと降りる。

そこを進んだ一角に、植物で囲まれた小振りな造園が一つあった。人の目が入らないよう柵がされ、造草花で飾り付けがされている。

「すごいです。こんなにも立派に……なんて綺麗」

入り口のアーチは、ピンクをベースに可愛らしく仕上げられている。

中には、たくさんプランターの花々が集められ、ガーデニング台にも観葉植物が並ぶ。一部花壇が掘り返され、メルが領地でよく見ていた野花も添えられていた。

「周りも花でたくさんですねっ。すごく素敵です」

中に入って感動した。中央には、踊るための足場まで作られていた。

たった二人くらいしか踊れない、小さな舞台だ。たくさんの植物と花で埋め尽くされている手作り感満載な様子が、メルにはとても嬉しかった。

そこはマロン子爵家にある、自然たっぷりの庭を彷彿とさせた。

「カントリー風にしてみたんだ。こっちの方が、君が好きかなと思って」

「はい。私はとても好きです」

おかげでメルは緊張も全て解けてしまっていた。中央でぐるりと見渡す彼女を、ジェイクが優しい微笑みで見守る。

日差しを受けた植物が、この時を飾るべく一際明るい色彩を浮かべているように感じた。会場がすぐそこなので、演奏音がよく聞こえてくる。

「君に気に入ってもらえて良かった。そろそろ次の曲に移るね——俺だけの美しい姫様、俺と踊ってくれますか？」

騎士の礼を取った彼に、大袈裟な語りっぷりで恭しく手を差し出される。

それもこれも、緊張してはいけないと、わざとしていることだと分かった。

メルは自然と笑顔になった。会場から流れてくる演奏音が、祝うような明るいものへと変わった時、その掌に手を乗せながら彼のノリに乗って答えていた。

「喜んで、お相手致しますわ」

メルとジェイクは互いの腰に手を添え、もう片方の手を取り合って踊り出した。ゆっくりステップを踏み、ドレスと礼服の長い裾を揺らす。

まるで幼い頃に読んだ、おとぎ話の小さな森の舞台でのダンスだ。

ずっと穏やかに見つめ続けているジェイクから、目を離せない。メルはダンスが得意ではなかったけれど、彼となら自然と踊れてしまっていた。

「上手だね。社交が苦手だと言うから、てっきり苦手なのかと思ってた」

彼が微笑みを蕩けさせるたび、胸は甘く高鳴る。

上手になったように感じるのは、ジェイクがメルに合わせてくれているからだ。そうとは感じさせないほど、彼はうまくリードしてくる。

まるでずっと踊ってきたみたいに、メルはジェイクと息がぴったりだった。

同じタイミングでステップを踏み、見つめ合ったまま軽やかに回る。

――ああ、相性がいいとは、こういうことなんですね。

体感してまたメルの胸は甘く疼いた。

ずっとこのまま踊っていたい。曲の終わり、切なさに胸がぎゅっとしたら、彼もまるで同じことを思ってくれたみたいに引き寄せられた。

「メル、もう一曲踊りたい」

ジェイクに熱く見据えられ、ぴったりとくっついたお腹の奥が甘く痺れる。

「はい――どうか、もう一度私と踊ってください」

込み上げる熱い思いのまま、メルも返事をして二曲目へと突入した。

高度な踊りなんてできない。リズムを刻む簡単なダンスだ。それなのに夢中になるほど楽しくて、ジェイクもとても楽しげに付き合ってくれた。

二人で心ゆくまで踊る。そのうち、曲数なんて数えるのをやめてしまった。

「ターンをしてみようか」

「ふふっ、さっきだってやったじゃないですか。私には無理ですよ」

「君はとても軽いから、平気だよ。そら」

一度腰から腕を放されて、片手を繋いだまま大きくくるりと回された。

勢いのまま戻ってきたメルを、ジェイクが「おっと」と身体で受け止める。

「ほらっ、またぶつかっちゃったじゃないですか」

「ちゃんと俺が支えているもの」

腰に回った腕に抱き寄せられ、近くでくすくすと笑い合った。

その瞬間、二人の距離がぐっと縮まった気がした。次のターンを決め、今にも鼻先がぶつかりそうなほど顔が近くなる。

メルの瞳が熱く濡れる。そこに映ったジェイクの眼差しにも、同じような熱がともった。

「――メル」

そのまま、握り合った手を引き寄せられてジェイクの顔が近付く。

あ、もしかしてキスをされるかも……メルも自然と目を閉じそうになった。

その時、会場からワッと歓声が上がった。触れ合う直前だった二人の唇が、ぴたりと止まって、パッと離れる。

「そろそろ休憩しようか」

ジェイクが先に顔を横にそむけた。くたくたになったメルの足を気遣って、肩を抱き、腰を引き寄せて二人掛けベンチへと導く。

「は、はい。そうですね」

ドキドキしながらどうにか答えた。思い返して顔が熱くなる。メルはキスをされなかったことに、確かにほんの少し落胆してもいたから。

ベンチまで優しくエスコートされて、二人で並んで腰掛けた。

火照(ほて)った肌に、そよそよと触れていく風が心地いい。すっかり呼吸が上がってしまっていて、落ち着くのを待って、しばらく頭上に広がる青い空を見上げた。

運動後の心地良い気だるさに包まれていた。

続く舞踏会の音も気にならないほど、とても穏やかな時間が流れているのを感じる。

「婚姻活動をして、他に誰かを探すの？」

ジェイクが、空を見上げたまままさりげなさを装ってそう聞いてきた。

いつもはぐいぐい来るのに、無理強いはしない姿勢だった。メルがじっと見つめても、気付いているはずなのに視線を返してこない。

これまでの寂しそうな顔も、身を引く覚悟をしてきたからなのだろう。

そう気付いた瞬間、メルは『こっちを見て』という思いに突き動かされ少し大胆になった。

「探しません」

ベンチに置かれたジェイクの手をぎゅっと握り、彼の目を自分の方へと戻させた。

ジェイクが驚いた顔をした。意外だと語る魅力的な彼の目に、メルはみるみる体温が上がっていくのを感じた。

でも、やめるわけにはいかない。彼が伝えてくれたように、メルも正直に伝えたかった。

「あなたがいてくれるんでしょう？　……私は、あなたがいいのです」

大胆なプロポーズだ。自覚すると、緊張で声が小さくなった。

それでも、ジェイクはしっかり聞き取ってくれたみたいだ。目を覗き込まれてドキリとしたのも束の間、額同士をコツンと合わせられた。

「それは、『お婿さんにおいで』と誘っていると取っても？」

「うっ……あの、その……」

直球で問われ、ぶわっと耳まで赤く染まる。

彼が好きだ。目も、声も、体温も。何もかもが、メルの胸を甘く震わせる。至近距離で彼の〝匂い〟を濃厚に嗅ぐと、歯が疼いて噛みたくて仕方がない。

そう全てを理解した今、考えるだけで頭の中は沸騰しそうになる。

「メル。恥ずかしがらないで、どうか教えて？　君がそれを他の誰かに言うのを想像して、俺はとても気が気じゃなかったんだから」

確かにそうだ。メルが彼を信じられず、勝手に誤解してとても悩ませてしまった。

メルは覚悟を決めた顔で、姿勢を整えて彼と向き合った。握ったままの彼の手を、緊張でぎゅっと握り締める。

いつか、言わなくちゃと思っていた、あの言葉。

けれど成人一日目と気持ちは全く違い、胸はトキメクばかりで不安なんて微塵もない。メルはその言葉を、彼に言いたくて仕方がないのだ。

「どうか、お婿さんに来てください」

恥ずかしすぎて真っ赤になり、ぎゅっと目を伏せてそう告げた。

でも反応が気になった。待っていられずチラリと窺うと、目が合った彼が「ぷっ」とおかしそうに吹き出した。

「はい。喜んで」

「も、もうっ、そんなに笑わなくたっていいじゃないですか！」

くすくす笑っているジェイクは、けれどとても幸せそうだった。

だからメルも本気では叱（しか）れず、真っ赤な顔で可愛らしく言い返すのみだ。

「ふふっ。ごめん、全部が愛らしくって。想像以上で、幸せすぎるし笑いがこらえきれなくって。俺も言うよ。だから、これでおあいこにしよう」

え、と思った直後、メルはジェイクに優しく両手を取られた。

見つめ合うと、途端に時間の流れさえ穏やかになる。

「十年前から、ずっと君が好きでした。こうして話せるようになって、もっと深く愛しました。どうか俺を、君のお婿さんにしてください」

こちらを見つめるジェイクの獣目は、喜びに満ちてきらきらと輝いていた。

それはメルの心も同じだった。

「はい、大歓迎です。どうぞお婿さんに来てくださいっ」

満面の笑みで彼女は答えた。視線だけで心まで繋がるみたいに、互いを見つめ合ったまま二人は肩の力も抜いて笑った。

それは、唯一無二（ゆいいつむに）の伴侶（はんりょ）を見付けたような喜びからだった。

「じゃあ、まずは礼儀に従って、仮婚約からしてくださいますか？」

幸せいっぱいの気持ちで、メルは手を差し出した。

「喜んで」

ジェイクが嬉しそうに笑って、メルの手を愛(いと)おしげに取った。

二人は誓いでも立てるような神聖な気持ちで、互いの手の甲を小さく噛み合い、求婚痣を刻んで贈り合った。

どちらも違う模様だ。

でも、それがまたいい。互いが刻まれ合っているみたいで、とても特別な気がして、二人はまた笑った。

終章　メル・マロンの結末

　イリヤス王国の十五歳のオリアナ王女と、エデル王国の十三歳のエミール王子の婚姻の書面が、両国の代表によって仕上げられた。

　そして、エデル王国へと向かう二人の出立式が盛大に執り行われた。大勢の人々に祝福と共に見送られ、彼らを乗せた馬車は使節団と共に王都を発っていった。

　その翌週、メルも王都を出るべく支度に取りかかっていた。別邸の大掃除と片付けのかたわら、手続きや人の来訪も続いてずっと忙しかった。

　そんな慌ただしさも、昨日ようやく終わった。荷作りもいよいよ最終仕上げだ。

「小リスちゃん、わざわざ立ち寄ってもらってすまないね」

「いえ、エマ様とも会う約束がありまして。その帰りがけですので、大丈夫です」

　近くのカフェの外席で、仕事で会う次の待ち人を待っていたルーガー伯爵が、「でもねぇ」と続けながら視線を落とす。

「大荷物なのに、更に荷物を追加するようで悪いなぁ、と」

　メルは、大きな袋を両手で抱えていた。

　それはエマからもらった布物類の土産だった。それを持った手に、新たにルーガー伯爵からもらった土産袋が加わった。

「これ、律儀に取りに向かったのかい？」

「最後にお茶をと誘われて、その流れでまた頂いてしまったんです。先日は蛇公爵様が飛び入り参加されたので、女の子同士の話はできませんでしたから」

「あ～……彼、そのへんの空気は読まないよねぇ。なんなら馬車を出そうか？」

「いえいえっ、家はすぐそこですから」

もれなくルーガー伯爵が付いてくることを考えたら、また父が卒倒する光景が想像されてメルは丁重に断った。彼は袋を指差して続ける。

「その袋の中に、みんなの連絡先をまとめたノートも入れてあるよ」

「あっ、手紙を出すと約束したのに、すっかり失念していました。ありがとうございます」

「ははは、そんなことだろうと思ったよ」

慌てたメルの様子を見て、ルーガー伯爵は温かに笑った。

「エリザベス嬢にも念を押されていたから、こうして用意しておいて良かったよ」

「うっ……ほんと、お手間をおかけしてすみません」

「いやいや、君に同性の友人ができたのは喜ばしいことだよ。ぜひ大切にしたまえ。それから手紙の件だけれど――私的には〝恋愛話〟を楽しみにしてる」

片目をつぶってそう言われた。

そう期待されることなんて……と思ったものの、まさに今の状況が彼にとってはそうなのだろう。メルは恥じらいつつ、礼を伝えてその場をあとにした。

ぱたぱたとマロン子爵別邸へ急ぐ。

実は、今日の夕刻には王都を出発する予定だった。

まだ荷作り作業が残っていたのだが、エマとの最後の時間を楽しんでおいでと言われた。まだ新婚中である彼女に、婚約から結婚までの話を聞けて有り難かった。

とはいえ、一人だけ息抜きのごとく楽しんでしまった申し訳なさもあった。

メルは走って、家が見えてくる道の角を曲がった。

「鷲（わし）が出たあああああぁぁっ！」

その瞬間、向こうから父のマロン子爵の大きな悲鳴が上がった。

いきなりの大絶叫でびっくりした。けれど、メルはすぐに肩の強張（こわば）りを解いた。ディーイーグル伯爵が、思い出し笑いをしながらこちらに向かって歩いてくる。

「ぶくくくっ、見事な飛び上がりっぷりだった」

「また仕事ついでに立ち寄ったんですか？」

合流したところで声をかけると、彼が足を止めてメルを見つめ返してきた。

「最後の日だからね。別れを惜しんで、挨拶（あいさつ）に寄っただけさ」

そうは言うが、ディーイーグル伯爵の〝鷲の目〟は、大変面白がっていた。

「……あまり、父様をいじめてやらないでくださいね」

「こんなにも面白いのにいじめるわけがない。むふふ、私は友好を深めたいだけなのだよ」

「本当なのでしょうか、昨日も私は驚かされましたけれど……いきなり出てこられると、さすがに私も種族的な反応をしてしまいます」

「でも君の場合、伴侶であれば反応が出ないらしいな」

不意に、ニヤリと言われてメルはドキッとする。

「な、なんですか、急に」

「いや？　君の父はいつまで経っても慣れないが、君はあのナイト君への警戒が全くなくなったと思ってね。〝ソレ〟のおかげかな？」

とんとん、とディーイーグル伯爵が自分の首元を指で叩く。

襟の丈があって見えないはずだ。でも、二人だけの神聖な儀式はまだ記憶に新しい。そこに大きく咲いた求婚痣を思って、ほんのり頬を染めつつメルは否定する。

「違います。私にとって、彼が〝運命の恋の相手〟だったからです」

「ほほぉ、言い切ったね。獣人族の運命のような恋とやらも、信じていなかったみたいなのに」

「彼は私にとって、特別な人ですから」

恥ずかしくたって断言できる。素敵な夫婦になることを、彼と誓い合った。

　メルの左手の薬指には、ライオネル家から祝いで贈られた婚約指輪がされていた。伯爵家の伝統装飾に、マロン家の家紋のイメージも盛り込まれている。

「恋は人を変えるねぇ。どれ、ついでだ、持ってあげよう」

「あっ」

　ニヤニヤと見守っていたディーイーグル伯爵が、ひょいと荷物を取り上げた。

「でも、伯爵様に持たせるだなんて」

「いいから、こういう時は大きな誰かに任せなさい。子と同じ年頃の娘に大荷物を持たせたとあっては、紳士の恥だ」

　ディーイーグル伯爵は、おろおろするメルも気にせず来た道を戻っていく。

と、不意に彼が「おや」と楽しげに言った。

「さすがに察知が早いな」

　向かう先のマロン子爵別邸の前に停めてあった、質素で大きな馬車の荷台の陰から、袖まくりをしたジェイクが出てきた。彼は楽なシャツにズボン姿だ。

「俺が持ちますよ。そのまま荷台に載せますから」

　合流したジェイクに、ディーイーグル伯爵がメルの荷物を渡した。

「ナイトとしては合格だな。出てこなかったら、マイナスポイントだった」

「手厳しいですね」

「私は女性には優しいが、同性と部下には厳しいと有名なんだ」

「そうですか。今後のために覚えておきます」

にこっと笑って対応したジェイクが、メルへ温かく微笑みかけた。

「おかえり、メル。室内の物は全部出し終わったよ。さっき、子爵夫人が休憩の準備に入って、しばらくしたら呼ぶと言っていた」

「じゃあ、それまでに馬車へ載せられる分は、載せないといけないですね」

「うん。あの量なら、恐らく三人でやれば、休憩前には全部載せ終わるんじゃないかな」

答えたジェイクが、一旦荷物を持って軽く駆けていく。

ディーイーグル伯爵が、ニヤニヤと見送った。メルは昨日のようにからかわれてもたまらないと思って声をかけた。

「伯爵様、私も行きますね。荷物、ありがとうございました」

「短い距離だったがね」

メルを見下ろした彼が、ニッと勝ち気な笑みを口元に浮かべた。

「まっ、王都に来て社交の場で顔を合わせた時は、いつでも面白おかしく話そう。君とは、いい仕事の話もできそうだ」

いずれ両親のあとを継いだ時には、そうなる未来もあるのかもしれない。

メルは素敵な予感に微笑んだ。ひょんな出会いでの始まりだったけれど、彼と出会えて、こうして友人や知り合いが増えたことを嬉しく思う。

今回、王都で過ごした日々は、かけがえのない宝物だ。

「楽しみにしていますね」

そうメルが答えると、ディーイーグル伯爵が満足そうにニヤリとした。そして「では、またな」とダンディーな別れを切り出して去っていった。

メルは、ジェイクを捜して家の方へと向かった。

「それ、どうしたのですか？」

馬車の後ろに回ってみると、転がっていた最後の箱を彼が持ち上げていた。

「マロン子爵が『鷲が出た』の時、手に持っていた箱を見事に放り投げてね。ああ、割れ物が入った箱は俺が全部受け止めたから、無事だよ」

なんて優秀な婿だろうか。色々と思う表情を浮かべたメルへ、ジェイクが上品に笑いかけた。

「大丈夫だよ、俺がフォローするから」

「何から何まで、ほんと申し訳ないです。ありがとうございます」

「いえいえ、こちらこそお世話になります」

メルが頭を下げると、ジェイクが同じノリでぺこりと返した。再び互いの目が合ったところで、なんだかおかしくなって二人は笑った。

メルは、ジェイクが箱を荷台に置く様子を見守った。

薄地のシャツ一枚という彼の私服姿も新鮮だった。ネクタイもなく楽にされた襟元から、動いた際に求婚痣の一部が見えるのもセクシーで、そのたびにメルは、自分の婚約者にトキメいてしまったりする。

——先日〝初夜の前の婚姻式〟まで終えて、二人は本婚約した。

そして昨日付けで、ジェイクは軍服を返上して王都警備部隊をやめた。このままメル達と領地に戻って、そこで結婚の承認を待つことになる。

「本当に良かったんですか？　何もない田舎（いなか）ですよ」

「何度だって答えるけど、いいんだよ。君がいるもの」

振り返ったジェイクが、メルの頭を包み込んで頬にちゅっとキスをした。もう何度もされているけれど、まだまだ恥ずかしい。

頬を押さえてじわじわ赤くなるメルを、彼が甘い微笑みで見つめる。

「また不安にでもなった？」

「えっと、その、だって、まさか仕事まであっさりやめてしまうとは思わなくって」

「前にも言ったけど、俺は未練はないよ。君のそばが一番いい」

「でも、——ン」

口を彼の唇で優しく塞（ふさ）がれて、言葉は続かなくなる。

「ん……んっ……あ、んぅ」

抱き寄せられ、情熱的にキスをすれば止まれない。互いの唇を離せないまま馬車の後ろに移動し、人目を忍んでメルはジェイクとキスをした。

優しい口付けにうっとりしていると、玄関が開く音がして彼が唇を離す。

「メル、すごく可愛い」

見下ろすジェイクが、ほんのり色付いたメルの頬を撫でる。

たったそれだけで胸は甘く高鳴った。怖がらせないように一つずつと約束してくれて、優しく触れ合わせるだけのキスも全部好きだった。

「メルが不安になるたび、何度でも教えてあげるからね」

「はい」

きゅっと手を握り合って、二人は馬車の後ろから出る。

「それにね、俺も少しでも早く君の領地に行きたかったんだ」

「そう言ってもらえると嬉しいです。家族で作った庭を見せるのも、楽しみなんですよ」

「俺もすごく楽しみにしてる。土仕事も初めてだし、色々と覚えなきゃいけないこともたくさんあるから」

と、そこでジェイクが、向こうを見てにっこりと笑って声を投げかけた。

「ですから、これからよろしくおねがいしますね、義父様」

玄関の前に立っていた父のマロン子爵が、不意打ちを喰らったように「ライオン……っ」と

いう呻(うめ)きを上げてひっくり返った。

まだまだ慣れないみたいだ。

でも、これから少しずつ変わっていくんだろう。メルは、ジェイクが加わったこれからの生活が楽しみで、幸せで胸がいっぱいで笑ったのだった。

あとがき

百門一新です。またこうしてあとがきで会えたこと、とっても嬉しく思います！

このたびは「獣人シリーズ」最新作、【ライオン獣人の溺愛婿入り事情】をお手に取って頂きまして誠にありがとうございます！

今回、初めての獣人族同士の恋物語となりました。愛らしい、ロマンチック、そして甘さも盛り込んだ第６弾となりましたが、お楽しみ頂けましたでしょうか？

いつかやりたいと思っていたルーガー伯爵の再登場が、個人的には嬉しくもありました。第２弾のエマと、ジークと、ライルも、元気にやっているんだなぁと書いていてにこにこしてしまいました。

そしてメルのパパも、大好きです。（ようやく交友が持てて良かったね鷲伯爵！とも思いました（笑））

またシリーズのみんなを書きたいなぁと、執筆が終わってすぐに思ってしまいました。カティとレオルドから始まって、みんな大好きです！

余談なのですが、以前、シリーズの中でライオンの獣人をちらりと出したことがあり、「個人的にも好き」と担当者と私もきゅんとしたキャラでした。春が野先生もドーンッと挿絵で描いてくださっていて、「素敵っ」と悶えてしまいました。

彼と彼の話、個人的にはすごく書きたかったのですが、うん。

そして実は『路上でとあるシチュでキスされている』という彼の状況が分かる描写も、文字数と本文バランスで削ったのでした。

そして今回、どんな獣人にしようかと考えた時、「ハッ、なぜまだ猫をやっていない!?」と気付いたのもあります。

狼の次が、ユニコーン、兎、鷲、熊……「途中、なぜ兎が」「変化球かな」とも思いながら――そして「ライオン」に決定しました。

春が野先生、このたびもとても素敵なイラストを本当にありがとうございました！　カラーのイラストも見たくてたまらないシチュエーションで大感激でしたっ。愛らしいメル、そしてイケメンなジェイクをありがとうございます！

担当編集者様、今作でも本当にありがとうございました！　デザイナー様や校正様や関わってくださった皆様、そしてシリーズを応援してくださっている皆様に感謝申し上げます！　また、お会いできますように。

百門一新

IRIS
ICHIJINSHA

ライオン獣人の溺愛婿入り事情
リス獣人ですが、怖いライオンに求婚されました

2021年7月1日　初版発行
2021年7月26日　第2刷発行

著　者■百門一新

発行者■野内雅宏

発行所■株式会社一迅社
〒160-0022
東京都新宿区新宿3-1-13
京王新宿追分ビル5F
電話03-5312-7432(編集)
電話03-5312-6150(販売)

発売元：株式会社講談社
(講談社・一迅社)

印刷所・製本■大日本印刷株式会社

ＤＴＰ■株式会社三協美術

装　幀■小沼早苗(Gibbon)

ISBN978-4-7580-9372-9

●この作品はフィクションです。実際の人物・団体・事件などには関係ありません。

この本を読んでのご意見
ご感想などをお寄せください。

おたよりの宛て先

〒160-0022
東京都新宿区新宿3-1-13
京王新宿追分ビル5F
株式会社一迅社　ノベル編集部
百門一新 先生・春が野かおる 先生

最強の獣人隊長が、熱烈求愛活動開始⁉

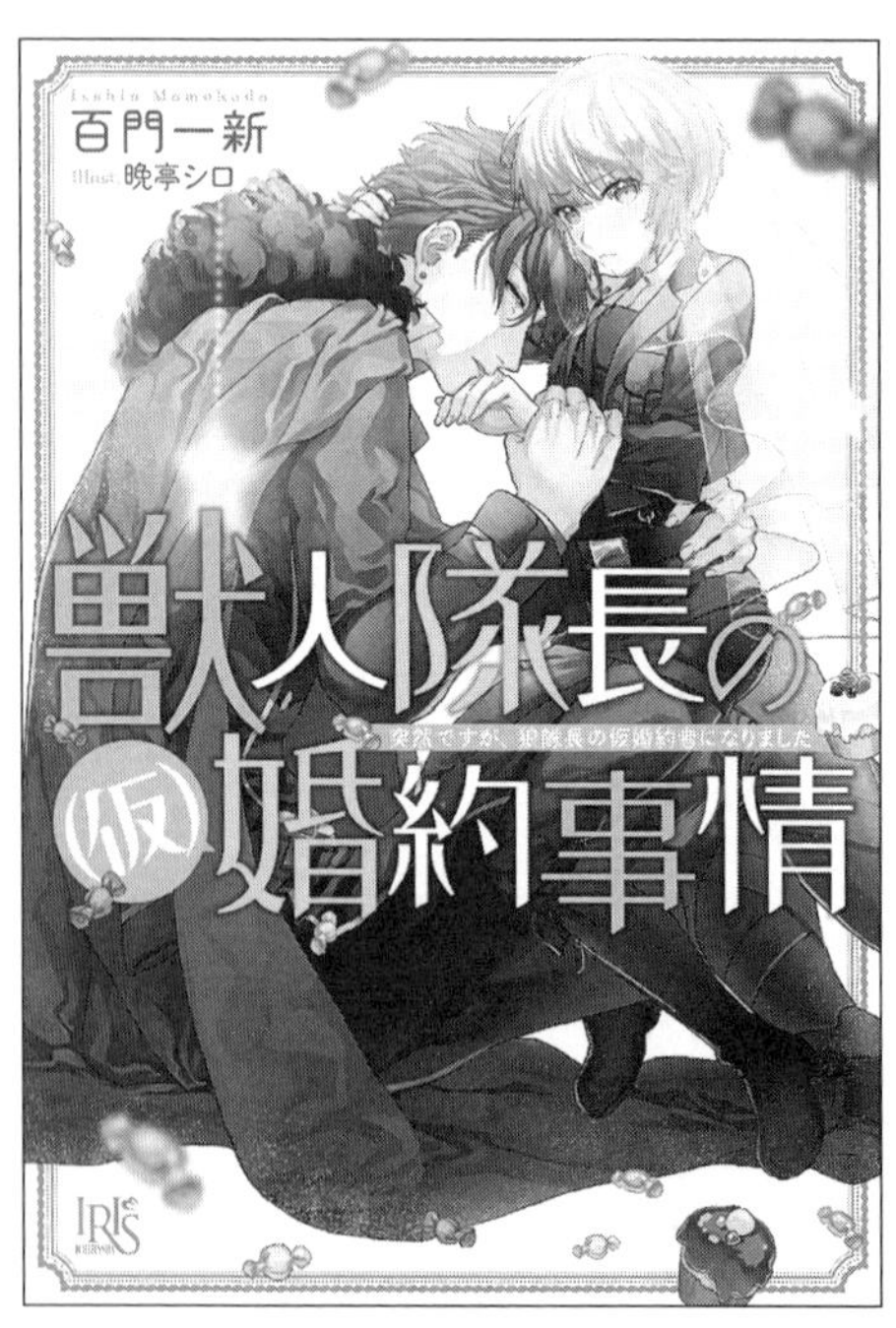

『獣人隊長の(仮)婚約事情 突然ですが、狼隊長の仮婚約者になりました』

獣人貴族のベアウルフ侯爵家嫡男レオルドに、突然肩を噛まれ《求婚痣》をつけられた少女カティ。男装をしたカティは男だと勘違いされたまま、痣が消えるまで嫌々仮婚約者になることに。二人の関係は最悪だったはずなのに、婚約解消が近付いてきた頃、レオルドがなぜかやたらと接触&貢ぎ行動をしてきて⁉　俺と仲良くしようって、この人、私と友達になりたいの？　しかも距離が近いんですけど⁉　最強獣人隊長との勘違い×求愛ラブ。

著者・百門一新
イラスト：晩亭シロ